集英社オレンジ文庫

これは経費で落ちません！ 10

～経理部の森若さん～

青木祐子

本書は書き下ろしです。

【登場人物紹介】

森若沙名子《もりわかさなこ》

経理部主任。過不足ない完璧な生活を目指している。座右の銘は「ウサギを追うな」。

山田太陽《やまだたいよう》

営業部のエース。沙名子とつきあっている。大阪営業所に異動した。

佐々木真夕《ささきまゆ》

経理部員。沙名子の後輩。愛社精神に溢れているが、ケアレスミスも多い。

麻吹美華《あさぶきみか》

経理部員。中途入社で沙名子より三歳年上。好きな言葉は「フェアネス、コンプライアンス、ウィンウィン」。

田倉勇太郎《たくらゆうたろう》

経理部課長待遇。沙名子の先輩。大きな体に似合わず神経質な一面もある。

山野内亜希《やまのうちあき》

営業部販売課員。もとトナカイ化粧品社員。頼りになる。

岸涼平《きしりようへい》

経理部員。もとトナカイ化粧品の社員。

イラスト／uki

第一話

気合いを入れるときなので！

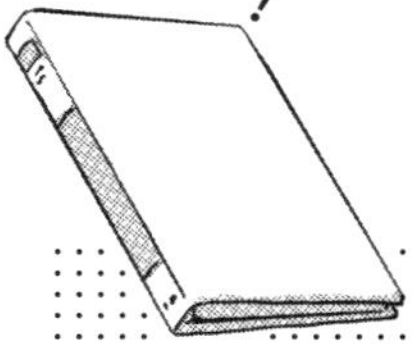

税務調査の日の朝、沙名子《さなこ》は少し早く出勤し、駅の近くのシアトル系カフェに寄った。トールサイズのカフェラテができあがるのを待っていると、ベージュのトレンチコートに身を包んだ美華《みか》が入ってきた。慣れた様子でコーヒーを注文し、沙名子を見つける。

「おはようございます、美華さん」

沙名子は美華に声をかけた。

「おはようございます、森若《もりわか》さん。珍しいですね」

美華は返した。心なしかいつもよりも目が大きい。美華の気合いはアイメイクに表れる。

「気合いを入れるときなので」

「そうね」

カウンターでスタッフが呼んだ。沙名子はカフェラテを受け取り、美華に会釈《えしやく》をして店を出る。

ロッカールームはまだ空いているはずである。出社したら制服に着替え、デスクでラテを飲みながら勇太郎《ゆうたろう》の作成した手順書を最終確認する。税務調査官が来社するのは十時。社長室で挨拶《あいさつ》をしてから二階の第一会議室に来る。それまでにスタンバイしておかなくてはならない。

沙名子は右手にテイクアウト用のカップを持ち、今日のスケジュールを頭の中で確認しながら、会社への道を急いだ。

国税局の職員たちは時間通りに第一会議室にやってきた。

全員で四人。男性ふたり、女性ふたりである。新発田《しばた》経理部長と小林《こばやし》総務課長、勇太郎の三人が案内するのを沙名子と美華が待ち構える。

男性ふたりはグレーのスーツに身を包んでいた。勇太郎と新発田部長も、今日はスーツのジャケットを着て、ネクタイを締めている。男性はこういうときに定番のスーツというものがあっていいなと思う。美華は高級そうな黒のパンツスーツ、総務課長の小林由香利《ゆかり》はかっちりしたシャツに膝丈《ひざ》のスカート。制服なのは沙名子だけである。

「東京国税局調査部調査官主査、峰岸《みねぎし》です。本日はよろしくお願いします」

見るからにベテランといった中年男性の峰岸が、ゆっくりと挨拶した。

室内には長机がコの字型に置かれ、その上にファイルと書類が重ねられている。正面にはホワイトボード、右のすみに大型のコピー機とデスクトップの大きなＰＣがある。コピー機はファクスを兼ねたもので、昨日の午後に涼平《りょうへい》と新発田部長が搬入した。

勇太郎は新発田部長のうしろに立って四人の調査官を見つめている。緊張しているのだと思うが、神経質なのはいつものことなので違いがわからない。

「天天《てんてん》コーポレーション経理部主任、森若沙名子です。本日は田倉《たくら》、麻吹《あさぶき》とともに担当窓口を務めます。よろしくお願いします」

「経理部員の麻吹美華です。主に合併に関する会計処理について、疑問点があったらお知らせください」

沙名子と美華は型どおりに挨拶し、名刺を交換した。

四人に作成しておいた紙を配る。前もって知らされていた必要書類がどこにあるのか、簡単に示したものである。詳しく説明するな、なるべく文章で残すなと勇太郎に言われた。勇太郎はこれまでの国税局とのやりとりもすべてメールではなく、口頭で行っている。

「こちらが決算書と計算書です。請求書、見積書、納品書などの控えと、付随《ふずい》する資料はここに。一年ごとに分けてあります」

沙名子はコの字の中央の長机にある、分厚いファイルを示した。

分厚いのは付随する資料のほうだ。特に製造部は原材料と製造機械の仕入れがあるのでややこしく、十センチほどのファイルが数冊ある。美華は先週の一週間、あちこちに電話をかけたり工場へ出向いたりして詳細を確認していた。

「原本ですか?」

調査官の女性が尋ねた。

確か浦部《うらべ》といった。肩書きは峰岸と同じく主査。三十代半ば――美華と同じか少し上くらいだと思う。小柄で優しそうな女性である。

峰岸がこのチームのリーダー、浦部が副リーダーといったところか。

「重要なものは原本です。印をご確認ください。天天コーポレーションは押印制度を採用していて、決算書と計算書と別表の原本には表紙に赤で『原本』と捺《お》してあります。そのほかの資料はコピー、またはデータをプリントアウトしたものもあります」

「わかりやすいですね。ありがとうございます。最近は、こうやって紙で残している会社も少なくなっているんですよ」

浦部がプリントを見ながら微笑《ほほえ》んだ。

沙名子はひそかに印鑑というものに感謝する。今どき書類に印鑑を捺し、重要そうにファイリングして紙で残すことに意味があるのかとあちこちで言われ、沙名子もなんとかしてほしいと思っているうちのひとりだが、こんなところで役に立つとは。

七年前の黄ばんだ書類、そこに捺された「原本」という朱印が何らかの確信と安心感になり、相手に威圧感を与えることは間違いない。

浦部の声は澄《す》んでいて可愛《かわい》らしかった。雑談めいたことを言うとは意外だ。つやつやしたセミロングの髪に淡いブルーのスーツが似合っている。左手の薬指には細い指輪。高級百貨店で子ども連れで買い物をしていても違和感がないだろう。

「コピー機とファクスはご自由にお使いください。こちらのPCは天天コーポレーションの経理システム、Tenten Corporation Association Systemです。プリントにあるアカウントで、読み取り権限をフリーにしてあります」

沙名子はPCの電源をつけた。デスクトップPCはコピー機同様、総務部の奥にあったものだ。型落ちなので反応が遅い。

「いいですか。こういうのは使ってみないとわからないので」

杉原《すぎはら》が進み出てきた。浦部と同年代の男性である。きつく締めたネクタイが窮屈《きゅうくつ》そうだ。

「使い方をご説明します」

「結構です。社内システムには慣れているので。共有のフォルダはありますか」

「はい。ご依頼のとおり自由にアクセスできるようになっています」

「ここですね」

杉原はPCの前に座り、慣れた様子で操作を始める。杉原のうしろにはもうひとりの女性がいて、やや緊張した顔つきで杉原の手元を見つめている。

彼女は水田《みずた》――おそらくこの四人の中ではいちばん若い。髪をうしろにひっつめて、リクルートスーツのような黒いスーツに身を固めている。就職活動をしている大学生のようである。

峰岸、浦部、杉原、水田。四人の調査官によるチーム。沙名子はそれぞれの名刺の肩書きを思い浮かべ、名前を覚える。四人とも高圧的ではないし、バランスは悪くないように思う。彼らが有能であるならば、何も問題なく税務調査は終わる。

「今日はわたし、森若がここに常駐します。何かありましたら仰《おつしや》ってください」

「いえ、天天コーポレーションの方はいていただかなくて結構です」

浦部が答えた。

由香利が浦部に顔を向け、ドア付近にいた勇太郎がかすかに目を細くする。

「社内の者はいないほうがいいということですか？」

沙名子は尋ねた。

「そうですね。田倉さんに申し上げましたが、おそらく数日はかかると思います。一緒にいても気詰まりだと思いますし、社員の方のお仕事の邪魔をするのは本意ではないんです」

浦部は申し訳なさそうだった。仕事の邪魔といえばこれほどの邪魔はないのだが、そこはわかっているようだ。

「共有のフォルダに質問依頼表を作成します。調査が進んで疑問点が出ましたらそこに一行ずつ書き加え、解決したら済マークをつけていきます。一件ごとに質問依頼書を置かせていただくのでヒアリングをさせてください。別部署の方に質問したいときは、お手数ですが仲介をお願いします」

「承知いたしました。ではご自由にごらんください。ほかにもご用件がありましたら、内線電話で森若か麻吹をお呼びください。できる限り対応します」

「お手数をおかけします。ではこれより税務調査を開始させていただきます」

峰岸が宣言した。主導権は国税局側が握るというわけか。浦部は決算書類を開き、杉原はもうPCのモニターを睨《にら》んでいる。水田は少し遅れて浦部のもとへ行き、指示を受けている。

天天コーポレーションの社員たちは会議室の外に出る。沙名子は扉を閉めたあと、勇太郎に目をやった。勇太郎はいつもと変わらない無表情で歩いている。

「あれ、森若さん、今日は会議室にいるんじゃなかったんですか？」

経理室に戻ると、真夕《まゆ》が話しかけてきた。

真夕はマグカップでインスタントコーヒーを作っているところである。

真夕は普段と同じようにのんびりとしていた。今回は主に人件費、労務関係の担当なのだが、総務部の担当者として由香利がいるせいか、準備を終えたところで役割は終わったと思っているようだ。

勇太郎と新発田部長はまだ戻っていない。今回、勇太郎は管理者側で、実務の中心は沙名子と美華である。

真夕の分担が予定より早く終わったので、なんとなくの割り振りで沙名子の補佐を真夕、美華の補佐を涼平がすることになった。これまで四人とも体調を崩さず、プライベートな問題が起こることもなかったのは幸運である。準備最終日の昨日は全員が疲れ切っていたが、新発田部長の手製のとんこつラーメンを食べてやりきった。

「いいって言われた。何かあったら呼ばれると思うわ」

沙名子は言った。朝に買ったラテはすっかりぬるくなっているが美味《おい》しい。

沙名子は今日、ほかの業務を入れていない。何事もなく終わればむしろいつもよりも楽だ。スケジュールは相手次第なので、気にしても意味がない。

具体的な日程は言わなかったが、口ぶりからして一日では終わらないようだった。事前にきいていたほど軽くない。調べた限りでは、中小企業だと短くても数日、大企業だと数カ月、毎年やる場合もあるらしい。今年になって調査が入ったのは、不正申告を疑われたわけではなく合併して事業規模が大きくなったからだろう。ある程度の大きさの企業なら義務のようなものだ。

沙名子は壁にかかったホワイトボードの予定表を眺めた。一週間くらいは覚悟して、期間中はこちらに集中するしかない。タスクを溜めるのは好きではないのだが、この状態なら許されるだろう。

「同席してもやることないですよね。四人、どんな感じですか？　希梨香《きりか》が、社長室から出てくるところを見ていて、怖そうって言ってましたけど」

「怖くはないです。思っていたより丁寧だった。慣れている感じだからやりやすいと思う」

沙名子は言った。浦部はむしろすまなそうにしていた。厳しくチェックを入れてくると思っていたので意外だった。

「そうなんですか？　あたしはびくびくしてますよ。何言われるんだろうって」

「別に敵じゃないし、指摘があったら説明して、ダメなら直せばいいだけだよ。勇さんもそう言ってたでしょう」

沙名子は言いながら共有フォルダをチェックしてみる。まだ何も置かれていなかった。いずれここに質問依頼表、質問依頼書とやらが置かれるのだ。何件あるのか知らないが、来るなら来いという気分である。

天天コーポレーションの経理に不正はない。そのために経理部員は日々、ほかの社員たちに煙《けむ》たがられながら細かい伝票のチェックをしているのだ。説明を求められるとしたら解釈の違いということになるが、引っかかりそうなところは精査して、エクスキューズがつけられるようにしてある。

「あたしにはできないです。窓口担当、あたしになるかもしれなかったんですよね。ほんと断ってよかった」

真夕はマグカップを口に運びながらしみじみと言う。涼平が意外そうに真夕を見た。

「真夕ちゃんが担当を頼まれたの？」

沙名子は尋ねた。少し驚いた。

沙名子が担当窓口になると聞いたのは先週である。うすうす覚悟していたので驚かなかった。

真夕はうなずいた。沙名子が知らなかったのが意外だったようだ。

「そうですよ。最初のころに新発田部長から言われたけど、全力で断りました。あたしの肩に天天コーポレーションの過去と未来は重すぎます。そういうのはやっぱり森若さんですよ」

「そんな大げさなものでもないよ。だったら真夕ちゃんにお任せすればよかった」

「いやー無理です。あたしはすぐにパニックになっちゃうから。国税局のほうから来ましたって言われただけで消火器買っちゃいそう」

「国税局で消火器は売ってないと思う」

ラテを口に運びながら話していると、内線電話が鳴った。

経理室に緊張が走る。

美華がすばやく取り、沙名子に受話器を渡した。

「会議室からです」

「——森若です。何かありましたか」

沙名子は受話器を受け取った。真夕と涼平は耳をそば立てている。美華がスピーカーホンのボタンを押すと、浦部の声が大きく聞こえてきた。

『質問依頼表のほうをごらんになりましたか。大阪営業所所有の資産と福利厚生費について、お尋ねしたいことがあります。よろしいでしょうか』

「すぐに行きます。お待ちください」

沙名子は答えた。電話を持ったまま共有フォルダにアクセスすると、質問依頼表という名前のついたエクセルファイルが見えた。さきほどまでなかったものである。

「森若さん、頑張ってくださいね」

受話器を置くと同時に真夕が言った。自分にはできないと言いながら面白がっている。

沙名子は苦笑し、席を立った。


「――ったく、なんなんだよ、この天かす野郎が」

沙名子が会議室に入ると、ブツブツとつぶやく声が聞こえてきた。

杉原――ＰＣの前に座っていた男性である。彼は沙名子が部屋を出たときのままの姿勢で椅子に座り、ＰＣに向かっている。Tenten Corporation Association System の略称が天かすだと教えただろうかと考えていると、浦部がすまなそうに沙名子に向き直った。

「お尋ねしたいのはここです。質問依頼表の二番です。大阪営業所の車両費の一部が福利厚生費となっていますよね。領収書よりも額が多いのですが」

浦部は言った。

ブラインドを引いた窓からうっすらと光が入ってきて、浦部の耳のピアスが光る。本物のダイヤモンドかもしれない。もの柔らかな雰囲気だが、そこだけが少し異質だ。

かすかに煙草《たばこ》の匂いがした。誰のものかはわからない。グループのリーダーの峰岸は、すみのほうで水田とともに書類を見ている。

「はい、質問依頼表を見ました。この科目は改造費用で、こちらに説明と別途領収書はあります。去年車両を購入して、大阪営業所の社員の親睦《しんぼく》のため、キャンピングカーに改造しました。取引先の接待に使うことがあるので、福利厚生費と交際費に振り分けています」

沙名子はすらすらと答えた。大阪出張したときに問題になった部分である。質問依頼表にあったのはそれだけではなく、エクセルファイルの最初の数行はもう埋まっている。

「使用歴は？」

「去年と今年に一回ずつ、参加者は社員と取引先です。そのほかに希望する社員に貸し出し履歴があります。今年は減価償却の二年目です。参加者のリストをごらんになりますか。肩書き含め記載したものがあります」

「お願いします。車両届は？」

「コピーがあります」

「コピーではなくて原本を見たいのですが」

沙名子は領収書のファイルをめくる手を止め、浦部に目をやる。浦部は今朝見たのと同じ、少し困ったような、すまなそうな表情をしている。

「車両が大阪にあるので、持ってくることはできませんでした」

「一時的に送っていただくことは無理でした？」

浦部はにこやかだが、沙名子が残業して作成したリストにほとんど目をやらなかった。

沙名子は浦部の意図がわからない。

「それはしませんでした」

「わかりました。併せて、大阪営業所所有の資産について確認をさせてください」

「こちらにあります。なお不動産の登記簿も車両届と同じく持ち出しはしていません。コピーも取りませんでした。公的機関でご確認いただくことができると思います。大阪の担当者と電話で話しますか？」

「そうですね……。お願いします」

沙名子は電話を取り、大阪の経理担当者の塩見《しおみ》とつないだ。

　塩見は今日、いつでも電話を取れるように待機しているはずである。

　浦部と塩見が話している間に沙名子はスマホを取り出した。部屋のすみへ行き、勇太郎に電話をかける。すぐに出た。

「森若です。大阪営業所の資産の件で問い合わせが入っています。今、調査官の浦部さんが、塩見さんと電話中です」

『今行く』

　勇太郎は一言だけ言って電話を切った。

「森若さん、いいですか。質問依頼表の四番ですが。交際費と会議費の仕訳について不明な点があります」

浦部が電話しているのを見ていると声がかかった。一番若い水田である。近くには峰岸がいる。水田の声は、慣れていないらしくうわずっている。

「はい」

沙名子は峰岸と水田のいる場所へ向かった。来たかと思う。営業部関連では、交際費と会議費のチェックが一番煩雑《はんざつ》だった。

「――ったく、なんなんだよ、この天ぷらうどんが！　とっくに伸びてんだろ！」

どうかあれとあれとあれには言及されませんようにと祈りながら長机の横をすり抜けていると、またしても、ＰＣとファイルとを照らし合わせていた杉原がブツブツと言う声が聞こえた。沙名子はぎょっとして立ち止まる。

「気にしないでください。杉原の癖なので」

浦部がいったん受話器をふさぎ、慣れた様子で言った。

「――はい」

「失礼します」

ドアが開き、勇太郎が入ってきた。

沙名子は視線で浦部を示す。浦部は塩見と電話をしながらメモを取っている。

沙名子は峰岸と水田のところへ行った。

「あの……三年前の会議費なんですが、いちばん大口のものがですね……」

水田が自信なさげに営業部の別表を示してくる。沙名子はファイルを覗《のぞ》き、手で押さえながら質問に答えた。

「詳細が必要ということでしたら、システムのほうにあります。確認していただければ」

「そうですね……。どうしましょう」

水田が困ったように峰岸に判断をあおいだ。経理システムに触れようにもＰＣの前は杉原が陣取っている。何やら必死なので声をかけづらい雰囲気である。

「では領収書を確認しましょうか。すぐ出ると思います」

あれとあれとあれではなかった、ということに安心した。就活中の学生のようだと思ったとおり、水田は新人のようだ。ラッキーかもしれない。

ほっとしたことを気取られまいとしながらダンボールを開いていると、かたわらの峰岸が声をかけてきた。

「四番に付随して、営業部の収支でヒアリングをしたいと思います。営業部の担当者を呼んでいただくことになりますが、よろしいですか」

「はい。大丈夫です」

「質問依頼書をフォルダに置いておきます。確認して回答をください」

「承知しました」

やはり甘くなかったと思いながら沙名子は領収書のファイルをめくる。

三年前の領収書のファイルは埃《ほこり》っぽくてむせそうである。当時、沙名子は二十七歳——入社五年目。経理部員が足りなくて忙しかった。

領収書の裏書きに、山田太陽《やまだたいよう》という自分の筆跡が見える。入社して数年で営業部員は好きなように交際費を使い出す。調子に乗るなよと思いながら処理作業をしていたころである。過去の自分の文字を見るのが妙な気分だ。

同じ部屋の別のすみで、勇太郎が大阪にいる塩見と話していた。浦部から電話を替わったようだ。

「——はい。そうですね。わかりました。いえ、塩見さんはそちらにいていただきたいです。どなたか来ていただける人員は？　経理担当でなくていいので。はい、これ以外は順調です」

勇太郎はやけにきびきびとした声で電話に向かっている。

「——わざわざ持ってきていただかなくても」

浦部が口を挟みかけるのを勇太郎は手で制した。塩見と短く話したあとで浦部に言う。

「近日中に大阪営業所の者に書類を持たせて、こちらへ向かってもらうことになりました」

「ご足労《そくろう》をおかけします」

「いえ、こちらの準備不足で申し訳ありませんでした」

勇太郎が腰を低くして謝っていることに沙名子は驚いた。普段はもっとぶっきらぼうで、めったに謝らないし、人によっては威圧的なのである。やればできるじゃないかと言いたくなる。

勇太郎は簡単に浦部と言葉を交わしたあと、会議室を出ていった。

沙名子は領収書の確認と説明を終えて外に出る。少し歩きたくなって階段を使っていると、踊り場で勇太郎が話す声が聞こえてきた。

「――はい。大丈夫でしょう。それでいいです。どうやら東京の分はそれでよかったみたいなので。何時ごろにつきそうですか」

「勇さん」

沙名子が呼ぶと、勇太郎はびくりとしてスマホを耳から離した。

声をかけてきた相手が沙名子であると知り、力を抜いてスマホに向かい直す。以上です、またかけますと言って電話を切る。

電話が終わったあと、沙名子は尋ねた。

「電話のお相手は塩見さんですか」

「そうですね。いろいろ教わった人だから」

スマホをポケットにしまいながら勇太郎は言った。

大阪営業所の塩見総務課長はベテランの経理マンだ。もと東京本社経理部に在席していて、沙名子も新入社員だったときに経理室で一緒に仕事をしていた。勇太郎は彼を信頼している。人付き合いが悪いが、いったん親しくなったら情に厚いのである。

会議室を出て、さきほどの電話では話せなかったことを話していたということなのだろう。あのときは勇太郎らしくなく芝居がかっている——浦部に聞かせるために話しているようだと思ったのだ。

「大阪から書類を持ってきてもらうんですね」

沙名子は言った。

「そう。うすうす予測はついていた。追及されないように願ってたけど」

「それなら、わたしが大阪出張したときに持ってきたのに」

「俺もそう思ったけど。最初から用意しないほうがいいらしい」

「ふうん……。なんででしょうね」

「わからん」

勇太郎は沙名子と視線を合わせずに言った。

本当はわかっているのだろう。国税局側が何かに気づいて質問表を置く。企業側はそれに応じ、納得して資料を用意する。わざわざ地方の営業所から誰かの足を運ばせる。そういうやりとりと労力が何かのアピールになる。

最初からすべてを用意してあっさりと通せばいいだけではないか——と思う一方で、これは全体が何かのパフォーマンスなのかもしれないとも思う。

経理室で、営業部員が領収書を持ってくるときのことを思い出した。なぜかびくびくしている営業部員がいる。経理部員は、少額なので確認するまでもない領収書や請求書を数秒見て、やや冷たくOKですと言う。提出した側は免罪されたかのように晴れ晴れとする。この一連のアクションも、双方にとってのパフォーマンスといえなくもない。

今回は経理部が、提出する側になるわけだが。

「税務調査、どれくらいかかりそうですか」

沙名子は尋ねた。

「通例でいけば一週間といったところかな。こちらが協力的であれば」

「協力的でしょう」

「そうだな」

勇太郎はうなずいた。

「明日、大阪から川本《かわもと》さんという人が書類を持ってくるそうです。森若さんは面識があるでしょう。連絡するように言っておいたから、受け渡しを頼みます」

「わかりました」

沙名子は答え、勇太郎と別れて経理室へ向かった。


定時の十七時三十分に、帰りますという内線電話が経理部にかかってきた。

「行かなくていいんですか？」

沙名子が電話を切ると、真夕が不思議そうに尋ねた。

「会ったからといってやることもないからね。会議室の鍵も渡しちゃってるし、勝手に仕事するってことだと思う」

沙名子は言った。

思っていた以上に経理部員の出番はなかった。調査官は経理部員に説明されることをむしろ嫌う。資料を見て判断し、社員は問われたことに答えるだけだ。

ということがわかればいっそ楽である。明日からの一週間、呼ばれたら行けるように準備しつつ、ルーティンの仕事をすればいいのだ。

沙名子はあらためて共有のフォルダを見てみる。

質問依頼表は、エクセルの表に行を重ねたものである。今日だけで数個の行ができている。『大阪営業所の一部車両費の科目について』の担当者は浦部。うしろの列には回答日と回答期限の日付、済マークを入れる欄がある。

この行がこれから増えていくわけだ。全部の質問にこちらが回答して、済マークが入ればーーそれが向こうの杞憂《きゆう》にせよ、こちらの間違いになるにせよーー終わり。単純なようにも思えるが、何が起こるのか想像がつかない。

「そうそう。しばらく社員と同じように通勤してくるから。岸《きし》、すまんけど、これ守衛に渡しておいてくれるか。とりあえず五日分の通行届」

いつのまにかやってきた新発田部長が口を挟み、書類の束を涼平に渡した。

「わかりました」

「全員分書いたんですか？　何日かかるかわからないんですよね。仮社員証を作ったほうが早そうですけど」

　真夕が言った。

　天天コーポレーションの本社ビルでは、外部の人間が通用口から行き来するときには手書きの通行届が必要になる。一日一人につき一枚、四人分を五日となると二十枚。新発田部長が、さっきからせっせとボールペンで何か書いては判子を捺していると思ったのだ。

「そうだが、仮でも社員証は渡したくない。なんとなく」

　新発田部長は厳しい表情で言った。真剣になるところはそこか、とつっこみたくなる。

「なるほどー。わかるようなわからないような」

　真夕が首をひねっていると、勇太郎が経理室に入ってきた。手に書類を持っている。調査官から受け取ったものかもしれない。美華に目をやって言う。

「麻吹さん、いいですか」

「はい」

　美華が立った。勇太郎を追って経理室を出ていく。

「わたしは失礼します」

　沙名子は荷物をまとめて退室した。いつもよりも早いくらいである。通りすがりに打ち合わせスペースに目をやると、勇太郎と美華が書類を手にして、真剣な表情で何かを話していた。


自宅から最寄りの駅ビルで、馴染《なじ》みのスーパーに寄った。

この半月、会社帰りにスーパーに寄っていなかった。もう作り置きの惣菜《そうざい》もない。昨日の夕食は経理部で食べたとんこつラーメンである。たまに早く帰れても、仕事で頭がいっぱいで買い物どころではなかった。

忙しいときこそ食事には気を使わなければならないというのに。

反省しつつ、沙名子は冷えたノンアルコールビールとにんにくの芽、国産牛のロース肉をカゴに入れた。ヨーグルトとブロッコリーと人参《にんじん》を足し、迷ったがデザートにシャインマスカットとナガノパープルの詰め合わせも買うことにする。季節はずれの葡萄《ぶどう》はつやつやしてとても綺麗《きれい》だ。

肉は味付けをして、今日の夕食と明日のお弁当の分を作り、残りは冷凍する。

食事と家事を終えたらドラマを観《み》る。どうしても観たい作品があって、最近になって新しいネット配信の契約をしてしまったのだ。じっくりと楽しみたかったのでこれまで放っていた。

葡萄を食べながらドラマを一話終わらせ、その後に顔のパックとマッサージをする。余裕があればマニキュアをしてもいい。眠る前に忘れずにストレッチをして、体を伸ばす。

予定を考えながら売り場を回っていると、落ち着いた。

給料分の仕事をして、ていねいに家事をして、自分の体を労《いたわ》り、美味しいものを作って食べる。ひとりでゆっくりと好きなことをして過ごす。この日常の繰り返しこそが沙名子にとっての幸せである。昔からそうだった。いつも予定がいっぱいで、誰かと繁華街へ繰り出すのが大好きな友達を見て、よく疲れないなと感心していた。

──だから、彼氏などというものは要らなかった──欲しくなかったわけだが。

並んで精算を待っている間に、スマホを取り出した。

太陽からの連絡はない。

今朝の通勤中にあった、頑張れよーというメールが最後である。沙名子は、ありがとう頑張りますと返し、カフェラテをテイクアウトするために、駅前のカフェへ向かった。

定時後の俺通信がないのは、沙名子に余裕がないのを察しているからだろう。太陽はそのあたりの気づかいのできる男である。

…………。

(沙名子、結婚しようか)

太陽から言われたのは先週末である。

あの言葉を本当に聞いたのか、それとも夢うつつの幻聴だったのか、沙名子にはもはやわからなくなっている。

あのときには答えられなかった。沙名子はそのまま眠ってしまい、翌日の太陽はいつも通りの明るさで、暇なので近所のサッカー同好会に入っただの、鮪《まぐろ》の美味しさが最近わかってきただのと喋《しゃべ》りまくっていた。

このまま放っておいていいのか。要確認と書いてタスクに入れるべきなのか――。

沙名子にとって太陽がいることが特別なことでなく、日常の一部になりつつある。自分の力の及ばないものが自分の内部に入り込んでいる。そう認めることが恐ろしい。

だが今は決断ができない。あと一週間。沙名子のタスクに新しいものを入れる余地はない。

レジの順番が来た。家についたらドラマを観る前に太陽に電話をしようと思いながら、沙名子はスマホを閉じる。

プロポーズが本当なのか嘘《うそ》なのかはわからないが、太陽はお疲れさまと言ってくれる。明るく優しく。沙名子ばかり働かせて酷いよなと怒ってくれるし、なんなら会いたい、好きだと言うかもしれない。なんと恐ろしい男なのか。

沙名子は首を振り、シャインマスカットとナガノパープルをエコバッグの一番上に置いた。

「――ったくなんなんだよ、このかき揚げ天丼が」

沙名子が会議室に入っていくと、デスクトップＰＣの前に陣取った杉原の声が聞こえてきた。

沙名子のうしろにいた営業部員――営業部企画課の村岡《むらおか》課長がぎょっとしたように立ちすくむ。

「気にしないでください。杉原の癖なので。わたしは東京国税局調査官主査の浦部、こちらは調査官の水田です。――営業部の方ですね」

浦部が言った。中央の椅子から立ちあがり、軽く会釈をする。

今日の浦部はベージュのスーツを着ている。髪を少し巻いているせいもあって、柔らかくて可愛らしい雰囲気だ。今日のピアスは垂れ下がるタイプのもので、窓からの太陽光を受けてきらりと光る。

今日は峰岸はおらず、浦部と杉原、水田の三人体制になっている。三人は当たり前のように定時に通用口を通り、従業員のような顔をして天天コーポレーションに通ってきている。

三人の――主に浦部の指示のまま、質問に答え、ヒアリングする従業員のアポイントを取るのが沙名子の仕事である。

質問依頼表の行は増えていた。いったん止まったと思ったら、夕方ごろに数行来るのが定番らしい。

会議室に来る前に見たら二十個ほどの確認事項があった。これをヒアリングと提出資料の突き合わせでつぶしていくのだが、まだひとつも済マークがついていない。経理部としては一番の不安材料であり懸案事項である、『トナカイ化粧品』と『篠崎《しのざき》温泉ブルースパ』との合併について、まだ触れていないにもかかわらずだ。

「こちらは企画課長の村岡、販売課主任の山崎《やまざき》です。お問い合わせ番号の七番から十番について回答します」

沙名子は簡単にふたりの営業部員を紹介した。

営業部員の代表として山崎と村岡が来るということは今日知った。本来は責任者である吉村《よしむら》部長が来るべきだと思うが、取引先との急な会合が決まったらしい。

「どうもどうも、営業部企画課長の村岡です」

は細身の体をパリッとしたスーツに包んでいる。山崎は面倒そうな表情で気配を殺している。


「販売課の山崎です」

村岡と山崎が名刺を渡し、浦部の向かいの席に座った。

杉原と水田がこちらを見て会釈する。沙名子は少し離れた席でふたりをうかがう。村岡

村岡のスーツの袖《そで》口からは高級そうな腕時計が覗いていた。村岡は中年の男性だが、細身でセンスがよく、身につけるものにこだわる。泥《どろ》くさい天天コーポレーションの男性たちの中では珍しい。普段ならほかの営業部員も見習えと思うのだが、今日はひやりとする。

電子煙草の匂いがした。天天コーポレーションは社内禁煙なので大っぴらには吸えないが、村岡は喫煙者、山崎も営業相手に合わせて喫煙することがあるようだ。

そういえば、調査官の中にも喫煙者がいたようだ——とふと思い出す。

「まず七番についてお伺いします。富山の温泉旅館への謝礼金について。金額が適正でないように思えるのですが」

机の向かいに座った浦部が切り出した。

「温泉旅館となっていますが、旅館だけではなくて、市町村と公営施設への謝礼も兼ねています。別項目で企業に協力して協賛金を支払っていますが、意味合いは同じです」

山崎がゆっくりと口を開く。

「協賛金の金額は？」

「合計三百万円と、石鹸《せっけん》を三百個です」

そんな協賛金があっただろうか。沙名子は三年前の処理を思い浮かべる。ひとつのタスクを終わらせたら意識的に記憶から消去しているので、うまく思い出せない。記憶にないということは問題がなかったということだと思うが。

山崎の口がうまいのはわかっているが、今回だけは嘘だのはったりだのはやめてほしい。すべてにおいて証拠を求められる。

「稟議書《りんぎしょ》はありますか？」

「お待ちください。出します」

沙名子は答え、デスクトップPCのかたわらまで行った。杉原が沙名子を制する。

「私がやりますので。事業名を仰ってください」

杉原が操作を始めた。事業名を確定できず考えていると山崎が席を立ち、横に来て杉原に指示を始めた。

「これは赤字の事業ですね。それにもかかわらず、三年前のみ金額が上がっています。理由は何でしょうか」

杉原がモニターとファイルを見比べながら尋ねた。山崎がファイルの数字を指し示す。

「この事業自体は利益目的ではないんです。社会事業の一環で、代わりに公的施設で継続的に入浴剤と石鹸を使用していただいています。この年は記念行事があったので協賛金の金額が上がりました。石鹸を営業部員が直接配布しているので、諸経費がかかっています」

山崎の口調はいつものように滑らかではなく、やや訥々《とつとつ》としている。

「なるほど。事業のパンフレットなどはありますか？」

「うーん……。多分あると思います」

「見せていただけますか？　今すぐでなくてもいいので」

「わかりました。明日持ってきます。なければ先方に連絡すれば送ってもらえると思います。市町村のホームページにもあったと思うけど、三年前だからどうでしょうか」

「じゃ検索します」

「検索ワードを言いましょうか」

「結構です。こちらでやります」

杉原が書類を見ながら検索しはじめた。すぐにいくつかのページがあがってくる。

今日の山崎は誠実で実直な営業マンそのものである。沙名子は安心した。仮に間違っているとしても、三百万円にかかる税は全体からしたら大した金額ではない。これで似たような協賛金をスルーしてくれればありがたい。

「ご存じだと思いますが、この年は災害があったんですよ。それで、避難民および働く方々に石鹸を配布したんです」

ＰＣに目をやっていた村岡が思い出したらしく、口を挟んだ。

杉原の検索は的確だった。モニターには瓦礫《がれき》処理をしているらしきスタッフの画像が映っている。下のほうには災害復興特別行事という文字が書かれている。言わなくても見ればわかることである。

横にいた浦部が深くうなずいた。

「そうだったんですか。やはり石鹸の会社だから、社会的に意義のあることをされているんですね。天天コーポレーションさんは、地方を大事にして発展してきた会社だと円城《えんじょう》社長も仰られていましたけれども。地元の方にも感謝されたでしょうね」

浦部の声は事務的なものでなく、賞賛に満ちていた。村岡は笑った。

「はい。こういうときは衛生管理がおざなりになりがちです。今こそ恩を返すべきだと営業部から声があがって、部員が手弁当のボランティアで各地を回って配布しました。うちは情に厚いのが社風なんです。協賛金と石鹸もね、要は寄付のようなもので」

「――ボランティア」

「いえ、社会事業を兼ねた営業です。給与と出張手当が出ているので、手弁当でもボランティアでもありません。石鹸は協賛の一部です。寄付ではなくて特別協賛金です」

沙名子はすばやく言い直した。せっかく山崎がうまく言い換えてくれたのに、勝手に科目を変えるなと言いたい。村岡が一瞬むっとしたように沙名子を睨む。

浦部は微苦笑し、話を変えた。

「わかりました。ではすみませんが、のちほど資料の確認をさせてください。次は八番──毎夏に行われるキャンペーンについて。これは水田さんの指摘ですね。問題なさそうに見えるけど」

「わたしです。キャンペーン商品の実数と収益が連動していないように見えたので」

水田が浦部の顔色を窺《うかが》いながら言った。

「どうでしょう。いちおうお尋ねしますすね。問題ないならもちろん、そのほうがいいんですから。このキャンペーンのバッグ、天のマークがついているんですよね。可愛くて欲しかったけど、すぐになくなっちゃって手に入らなかったわ」

「よければ持って帰りますか。山崎くん、まだ営業部のほうに残っていましたよね」

「いえ、ないです。あるのはサンプルだけですね」

「あら、残念ですね」

「山崎くんらしくないなあ。ひとつくらい、営業部の倉庫にないの？」

村岡はやや苛立《いらだ》った口調で山崎に言った。

「あるのはサンプルです。次に作るときに参考にする分なんですよ。役割が終わったら断裁します。すみません」

沙名子は去年の夏のキャンペーン用に作ったデニム生地のミニバッグを思い浮かべる。評判がよく、洗濯して色落ちを楽しむ人などが出てきて、一時は品不足になったほどだった。売り上げも増え、キャンペーンは成功に終わった。

沙名子は数日前に営業部の倉庫をチェックしたが、まだ何箱かある。毎年のことだが多めに作り、捨てずに取っておいて、取引先から欲しいと言われたときなどに渡している。

「営業部の倉庫もあるんですね」

「よければ見ていってください。わりと昔のサンプルも残っています。これくらいはいいですよね、森若さん」

村岡が沙名子に言った。

さきほどの意趣返しのつもりか。沙名子の中でアラートが鳴る。村岡は危険である。嘘をつく必要はないが、聞かれていないことを言ったり、要請のない倉庫に案内する必要もない。

「そうですね」

お願いだからそれ以上は喋るなと村岡に念じながら、沙名子は曖昧《あいまい》にうなずいた。

「ではあとでお伺いしますね。ええと、では八番は保留として――次、十番。これは企画課の売り上げとあるから、村岡企画課長からお話をお聞きします」

「どうぞ、なんでも聞いてください」

「去年までの化粧品の売り上げですね。稟議書と決算を見させていただきました。販売の実数と収入が合っていないように思えるのですが」

「ああ――これはねえ、あまり売れなかったんですよね」

村岡は長めの前髪をかきあげた。

「赤字ですね。『うるおい天国』、わたしも使ったことがあるので意外です。いい化粧品でしたよね」

「化粧品事業を始めようということになって、社をあげて取り組んだ企画でした。評判も上々でしたが、トナカイ化粧品との統合にあたり廃番になりました。経理的には、石鹼の利益が上がっていたので赤字を埋められて、なんとかなったのですが」

「残念です。こればかりはね。大手の化粧品メーカーであっても、新しい部門は成功することもあれば失敗することもあります。どこも苦労していますし、わたしは会社のせいとは言いたくないですね」

「国税局の人にそう言っていただけたら安心します」

「石鹸の利益というと、この年のほかの石鹸ですか？」

「――村岡さん、時間大丈夫ですか。午後にアポがあるとか言ってませんでしたか」

山崎が言った。

村岡は不思議そうな顔で山崎に目をやり、浦部に向き直る。

「あら、お仕事があったんですね。すみません。すぐに終わらせないと」

「いえ大丈夫ですよ。浦部さんならご存じかと思いますが、幸いなことに去年は天天石鹸のシリーズで、立て続けにヒットがあったんです。春に出したさくらというのが評判がよくて、こっちと部門を一緒にして、利益を化粧品に付け替えたんですよね。だから平均すると損失がそんなにない状態で」

……終わった……。

デスクトップPCの前にいる杉原が、ほんの一瞬、にやっと笑った。

沙名子は目を伏せた。斜め向かいにいる山崎は表情を変えず、浦部を見ている。もう口を挟まない。水田はじっと村岡に目をやっている。

「そうなんですか。いろいろあるんですね」

「あーすみません、言い過ぎちゃったかな。これはオフレコで願います」

「いえいえ。やっぱり、企画を立てられる立場としては、いろんな思いがあると思います。化粧品と石鹼は重なる部分もありますし、ついついやっちゃいますよ。どの会社でも皆さんそうですよ。この件についてはのちほどお尋ねしますね」

浦部はあくまで穏やかだった。さきほどよりも笑顔なくらいである。

尋ねられたことにだけ答えてくれと村岡に言っておけばよかったと思ったが、もう後のまつりである。

石鹼部門の利益を赤字の化粧品部門に振り分けたわけではない。かかった費用は石鹼のものでもあったし、利益の一部は化粧品のものでもあった。天天石鹼は洗顔用のスキンケア化粧品であり、化粧品とのライン使いを推奨している、というのが苦しいエクスキューズである。そのあたりは勇太郎が厳密に線を引き、詳細を説明した別表がある。

だが企画課長が自分から付け替えたと言ってしまったのであれば言い訳はできない。石鹼の売り上げが上がる。勇太郎の何年間かの苦心が水の泡である。

「村岡課長、山崎主任、ありがとうございました。大変有意義な話を聞くことができました。また問題があったらご質問表を作成しますね」

「よろしくお願いします」

沙名子はつとめて穏やかに言った。

ふたりとともに会議室を出る。調査官に表情を気取られてはならないが、内心では敗北感に打ちひしがれている。


「──ちょっと余計なことを言っちゃったかな？」

会議室を出ると、村岡が沙名子に向かってつぶやくように尋ねた。

村岡としても、少しは失言した自覚があるらしい。

「そうですね。ちょっと」

沙名子は力なく答えた。否定してやる気になれない。

「まあでも、本当のことだからな。本当のことを言えばいいって田倉くんに言われていたから」

「──はい」

「ともあれ終わってよかったです。追加で何かあるかもしれないですけど、ぼくは暇なんで、何かあったら手伝いますよ。必要になったら声をかけてください」

山崎が心なしか、いたわるような口調で言った。

「ありがとうございます。お疲れさまでした」

沙名子は軽く会釈をし、ふたりと別れた。営業部から吉村部長が顔を出して山崎を見つけ、飛び出してくる。取引先との会合があったんじゃなかったのかと言いたくなる。

沙名子は階段を上り、踊り場へ来たところでスマホを取り出した。

税務調査が始まってから、何かとこの場所に来ていると思う。追及されると不安になって何かを検索したくなるのである。

検索窓に、天天石鹸　キャンペーン　ミニバッグ　と打ち込む。

去年の天天コーポレーションの非売品のトートバッグにはプレミア価格がついていた。一個三千円になっているものもある。浦部はこれを資産と判断するだろうか。あとで営業部の倉庫へ行って、正確にいくつ残っているのか調べておかなくてはならない。

気持ちを切り替えて経理室へ向かう。経理室では勇太郎がデスクへ向かってファイルを見ていた。あまり集中できていないようだ。沙名子が入っていくと顔をあげた。

「――勇さん、いいですか」

沙名子は言った。

勇太郎がすぐに立ち上がって経理室の外に出てくる。

沙名子は小さい打ち合わせスペースに入った。近くに誰もいないことを確かめる。

「森若さん、今、営業部のヒアリングに立ち会っていたんですよね。何か問題が？」

　勇太郎のほうから話しかけてきた。

「はい。村岡課長と山崎さんと同席していました。それでですね……。十番の項目なんですが、去年の『うるおい天国』の販売数について指摘がありました。特に例の、天天石鹸さくらの利益の配分について」

「あれは持ち分を計算して、別表で全部説明してあるはずだけど」

「そうなんですが、村岡課長が、石鹸部門の利益を化粧品部門に付け替えていると浦部さんに言ってしまったんですよ。ほかの調査官の人も聞いていました」

「……そうか」

　勇太郎は天を仰いだ。

「修正、来るでしょうか」

「来るかもしれない。気にしなくていいです。そうなったら直すだけだから。どっちみち、まったくクリーンで済むとは思っていないです」

「わかりました。営業部に何か伝えることはありますか。これからもヒアリングがあると思いますが」

「あ――。そうだな……いや、いい。吉村さんもわかっていると思う」

勇太郎は今回の調査については一貫して、指摘が来れば直すだけだと言っている。誰も責めるつもりはないらしい。実直なのはいいが、何らかの策が必要ではないのかと不安になる。

天天コーポレーションの営業部員は調子がいい。昔ながらの体育会系の体質が残っていて、女性にはいい格好をしたくなるのだ。特に浦部のような優しい雰囲気の女性には弱そうだ。

「こういうのって、何か狙っているものがあるんですか？」

沙名子は声を低くして、勇太郎に尋ねた。

「狙っているものって？」

勇太郎は沙名子を見る。いつもより冷静なくらいである。

普段は数字が合わないと傍目《はため》にわかるくらいイライラするくせに、今回はそれがない。机上で数字を合わせるのが最も得意な男だと思っていたが、意外と胆力があるのか。学生時代、ラグビー部の司令塔だったというのは伊達《だて》ではない。

「本命があるような気がするので。調査項目が多いようですけど、なんとなく大きなものと小さいものがばらけているんですよね。今は周辺を探っているだけのような感じがします。ひょっとして、調査に来たのは合併したからだけではないのでは」

沙名子は正直に言った。あまり口にしたくないが、勇太郎には秘密にすべきでない。

「森若さん、心当たりがあるんですか？」

「――トナカイ化粧品について。合併前の財務に不審な点があったのをご存じですか」

沙名子は思い切って言った。

トナカイ化粧品は裏帳簿をつけていたことがある。何年も前の話なので天天コーポレーションにはまったく責任はないが、追及されたら答えざるを得ない。沙名子は本来、知らないはずの立場である。

「知っています。近年三年間のうちに修正されています。精査しましたが、払うべきものは払ってあるので問題ないです」

勇太郎はきっぱりと言った。

ここまで言われたら沙名子から指摘することは何もない。

「わかりました。仕事に戻ります」

「よろしく。――それから、大阪から連絡が来ています。事務担当の川本さんが午後二時くらいに品川《しながわ》駅に到着するそうです。できれば迎えに行って、早めにヒアリングを終わらせてあげてください」

「わかりました」

沙名子はうなずき、営業部へ向かってきびすを返した。

沙名子が営業部のフロアへ入っていくと、営業部員は落ち着かない様子で目をそらした。うしろめたいことがなくても、営業部員というのは沙名子を見ると不安になるらしい。税務調査中はなおさらだろう。

デスクについているのは全体の三分の一ほどである。女性の販売課員である亜希《あき》がいればと願ったが、外回りに出ているらしく在席していない。亜希の隣の席では山崎がつまらなそうに書類へ目をやり、沙名子に気づくと顔を向けた。

仕方がない、山崎に頼むか——と思ったところで、近寄ってきたのは鎌本《かまもと》だった。

「森若さん、何か?」

鎌本は税務調査における営業部の担当者である。

沙名子は身構えた。鎌本のことはもとから苦手なのだが、最近は特にビジネスライクに徹するようにしている。

「——いえ。山崎さんにお願いがあって」

「ぼくに何でしょう。調査に関係することですか」

山崎が横から口を挟んだのでほっとした。

「はい。今、大阪営業所から事務の方がこっちへ向かっているんです。彼女は本社へ来るのが初めてで、重要書類を持っているので、品川駅まで迎えに行こうと思います。申し訳ないんですけど社用車の運転をお願いできませんか？」

「ああ、そういうことですか。いいですよ」

山崎はあっさりと承諾した。

「森若さん、運転できないの？」

鎌本が尋ねた。

運転できれば誰でもいいのだし、担当者なのだから鎌本に頼めばいいというのは沙名子もわかっている。しかし、どうしても鎌本とふたりきりになりたくない。この際嫌われてもいい。鎌本も避けられていると自覚してほしい。

「はい」

「俺が運転してやってもいいけど」

鎌本はひとりごとのように言った。

「ぼくがやりますよ。ちょうど気分転換したいところだったんです。行きましょう」

山崎は鎌本を遮《さえぎ》り、滑らかに立ち上がった。

「鎌本さんも可哀相《かわいそう》になあ。片思いで」

社用車が道路に出るなり、山崎が言った。

「なんの冗談ですか」

社用車の助手席のフロントには車用消臭剤とウエットティッシュの箱がある。亜希が来てから、降りるときに軽く車内清掃をするという決まりになったのだ。それだけでも女性の外回り要員が来てよかったというものである。

山崎はデスクにいたときよりも楽しそうだった。太陽と同じで運転が好きなのだろう。複雑な車線の通りをすいすいと抜けていく。

「冗談じゃないんですよ。だから可哀相なんだけど。税務調査は順調ですか？」

「どういう状態が順調というのか、わたしにはわかりません」

沙名子は正直に答えた。

調査は淡々《たんたん》と進んでいる。共有フォルダの質問依頼表に疑問点の行が増えていく。『富山の温泉旅館への謝礼金について』には済マークがついた。チェックの観点がわからないのが不気味なだけだ。自分の裁量でできないのでストレスがたまる。

「森若さんは意外とこういうのに弱いんですかね。それとも職業的な勘でしょうか。いわゆる、嫌な予感がする——というやつ」

「残念ながら、初めてなので勘は働きません。うまくいかないように見えるとしたら、それはわたしの性格における弱点でしょう」

沙名子は言った。

認めないわけにはいかない。沙名子は苛立っている。税務調査における企業側の経理担当としての正解がわからない。彼らがどうしたいのか読めず、落としどころを見つけられない。

山崎のようにはいかなくても、仕事においてはそこそこのコミュニケーション能力があると思っていたが、そうでもなかったようだ。

「ぼくが思ったのは、税務調査官は営業部員のようだということですね」

山崎は切り出した。沙名子は思わず運転席の山崎の横顔を見る。顔を合わせなくてすむのが幸いである。

「営業部員ですか」

「そう。最初は警察官なのかなと思ったけど、違いました。悪事を働いた犯人を捕まえようではなくて、なるべくたくさんの税金を取ろうと思って来ているわけです。それが手柄になるんでしょう。取れたら成功、取れないと失敗。ノルマとかあるんじゃないですかね」

「まさか。追徴課税ですよ。ないものはないです。不正をでっち上げるわけにもいかないでしょうし。……と、思います」

歯切れが悪くなった。

言われてみれば浦部の態度は営業のようだ。取り締まるのではなく、懐柔《かいじゅう》する。不正をでっち上げるなどということはもちろんしないが、グレーの部分を探し出し、相手の心情を害さずに穏やかに誘導し、言質《げんち》を取ろうとする。

優秀な営業マンである山崎は、沙名子に見えないものが見えるのか。太陽が、山崎は強引ではないのに、いつのまにか商談がまとまっているのが不思議でならないとよく言っていた。

「珍しく曖昧ですね、森若さん。不正はしていないが、真っ白でもない、というわけですか。実は経理部にも痛いところはある？」

「いいえ。すべての数字には説明がつきます。指摘があるところは解釈の違いであって、相手が納得しないというだけです。食い違ったら、こちらの意見を主張します」

言いながら、沙名子は自信がなくなってくる。

調査が始まるまではそう信じていた。しかし始まってみれば何もかも言い訳できない。

正しいのは向こうであるのが前提なのである。勇太郎からしてそういうスタンスだ。

「なるほど。――田倉さんは優秀な人ですね」

山崎は急に話を変えた。勇太郎のことを考えていたときだったので、どきりとした。

「はい」

「プロパーですよね。営業部員からしたら、何やっているんだかわからない経理部の人っていう認識だけど。資格とか持っているんですか」

「個人情報なので言えません」

沙名子は言った。

勇太郎は数年かけて税理士の資格を取っている。去年までイライラしがちだったのはそのせいもあった。だから税務となると国税局寄りの意見になってしまうのかもしれない。

「そうか。これまであまり注目していなかったけど、話してみようかな」

「注目しないでください」

沙名子は思わず本音で言った。

山崎ともあろうものが、勇太郎の優秀さに今ごろ気づいたのかと思う。優秀だが情に脆《もろ》いのだ。山崎のような男を接近させたくない。

「田倉さんは、調査官に手みやげを持たせることは考えていますか？」

山崎は車線を変えた。もうすぐ品川駅である。

「手みやげ?」

「さっき言ったでしょう。彼らは営業部員だって。営業先から税金を取るために来ているわけですよ。手ぶらで帰るわけにはいきません。こっちだって、敵対していいことなんて何もない。だから向こうの面子を立ててひとつ折れてやって、それなりの成果を与え、貸しを作っておく。目をつけられないためにも有効です」

沙名子は眉をひそめた。

「わざと経理上の瑕疵《かし》を見つけさせるってことですか」

「この場合はそうですね。石鹸から化粧品への利益の付け替えなんて、格好の手みやげになるのかなと思いましたよ」

「あれは失敗でした。額が大きすぎます。村岡課長に前もって言っておけばよかったです」

「口裏を合わせるなんて素人《しろうと》には無理です。疑惑が大きくなるだけです。だから田倉さんはどう考えているのか知りたかったんですよ。小細工はしなさそうに見えるけど、会社の利益も大事でしょう。正直にやって、バレたらバレたで仕方がないって感じですかね」

「田倉さんは調査官と取引しません。営業とも思っていないと思います。誠実な人です」

沙名子は言った。

誠実というのとは少し違う。勇太郎には美学、哲学がある――というようなことを言いたいのだが、うまく説明できない。山崎ならわかってくれると思うが、それで勇太郎に興味を持たれても困る。

「誠実な人が、友人の不正を見逃しますか」

これだから山崎は嫌なのだ。彼はあの事件が勇太郎の疵《きず》であることに気づいている。

「見逃していません。対処が遅くなっただけです」

自分はなぜ勇太郎を庇《かば》っているのか、沙名子にはわからない。

信号が赤から青になっていた。山崎は静かに車を発進させ、品川駅に入っていく。ほとんど揺れない、綺麗なハンドルさばきである。

車は品川駅のロータリーをまわっていた。しばらく黙ったあと、山崎は言った。

「――すみません、挑発してしまった。ぼくの悪い癖なんです。森若さんを怒らせることはしませんよ。前も言ったけど、ぼくは森若さんと話し相手でいたいんです。本当は友達と言いたいところだけど」

「こちらこそすみません、お願いした立場なのに、感情的になってしまいました」

「いえ。運転くらい、いつでもしますよ。この程度でいいんです。正直、鎌本さんにはいい薬だと思いました。何かあったのなら言ってください。同僚としてできることがあるかもしれません。最近、鎌本さんは度を越しています」

「ありがとうございます」

ひょっとしたら、山崎は最後の言葉を伝えたかったのかもしれないと思った。

山崎に問題はあるが、彼が沙名子に恋愛感情でない好意を抱いていること、会話の波長が合うことは間違いない。認めたくないが、沙名子も山崎のことが嫌いではない。不快になることもあるが、すぐに謝るのは美徳だと思う。

車が止まった。沙名子は助手席のドアを開けて外に出る。

制服のまま品川駅に入っていくのは抵抗があるが仕方がない。今は重要書類を持った川本と改札口で合流し、無事ピックアップすることが最優先である。


「森若さんが迎えに来てくださって助かりました。わたしは生粋《きっすい》の関西人だから、東京っていつ来てもオロオロしちゃう」

経理室で川本と真夕が話している。

川本とはつい先日、大阪出張のときに会ったばかりである。書類を勇太郎に渡すと緊張が緩んだらしく、ほっとしたように喋り出した。

「大阪いいところですよね。あたしもよく長距離バスで行きますよ。ライブまで時間あるから、あちこち観光してます」

真夕が言った。

初対面に近いのにやけに親しいのは、川本が大阪営業所で労務管理の業務をしているからだ。川本は塩見ともうひとりの事務員とともに大阪営業所のバックオフィスを引き受けていて、真夕とは内線電話で頻繁《ひんぱん》に問い合わせをしあっている。

「どのあたりですか？　よかったら美味しいお店紹介しますよ」

「お好み焼きのお店ありますか？」

「ありますあります」

「嬉《うれ》しいなー。あとで時間あったらお茶しましょう」

「いいですね。SNSやってます？　LINE《ライン》の交換しましょう」

ふたりはすっかり意気投合している。川本も真夕に劣《おと》らず雑談好きらしい。

川本のシャツの内側に、ハート型のネックレスが見える。柔らかそうなジャケットとスカート。栗《くり》色のセミロングヘア。男性に人気のありそうな甘い雰囲気の女性だ。仕事はできる。大阪では川本がてきぱきと手伝ってくれたおかげで助かった。

「じゃ、生まれも育ちも大阪なんですか？」

横から涼平が割り込んだ。涼平も真夕から仕事を引き継いでいるので、川本と電話でよく話している。

「そうですね」

「あまり関西弁にならないですね」

「本当は喋りたいねんけど、こらえてるんやって」

川本が言うと、一同はどっと笑った。

「――伝票お願いします」

思わず聞き入っていたら、経理室に鎌本が入ってきた。

沙名子は鎌本であることに気づくとうつむき、書類を読むふりをした。税務調査中の小口の伝票の処理は真夕か涼平がやることになっている。ふたりがいてよかった。

――と思ったのに、鎌本は沙名子のもとへまっすぐにやってくる。

「伝票お願いします。森若さん」

「――わかりました」

運転のことがあったからか、鎌本は機嫌が悪い。断るのも面倒なので受け取りかけると、慌《あわ》てたように涼平が口を挟んだ。

「あ、俺がやりますよ、鎌本さん」

「いや、そっち忙しそうだから。――あ」

鎌本は涼平に目をやり、川本がいることに気づいてはっとする。

川本は口に手を当て、立ち上がった。

「すみません、うるさくしちゃって。大阪営業所総務部の川本花音《かのん》といいます。今、税務調査の呼び出しを待っているんですけど、佐々木《ささき》さんにはお世話になっているので、ついつい話していました」

こぼれてきた髪を耳にかけながら、川本は言った。小さな金色のピアスをしている。真夕と沙名子が制服だからか、経理室が急に華やかになったように見える。

「へえ……。大阪営業所の人なんですね」

鎌本は、川本の顔から胸のあたりに目を走らせている。

「はい。総務と経理を担当しています」

「大阪っていうと、太陽は迷惑かけてない？　山田太陽。俺、東京にいたときに組んで仕事してたんだよね。あいつに営業のイロハ教えてやったの俺なの」

「そうだったんやー。すごーい」

何がすごいのかわからないが、川本は関西弁で感心している。

鎌本は伝票を手に持ったまま、嬉しそうに涼平のもとへ歩いていく。涼平が伝票を受け取り、鎌本は伝票そっちのけで川本に話しかける。真夕はやや心配そうな表情で川本を見ている。

よくわからないが助かった。沙名子が書類に目を落としていると、勇太郎が経理室に入ってきた。まっすぐ川本のもとへ向かってくる。

「書類は問題ありませんでした。これからヒアリングですけど、同席お願いできますか」

勇太郎が言うと、川本はうなずいた。

「はい。塩見さんから一任されていますし、ひととおりは答えられると思います。キャンピングカーについては、わたしの私用のスマホでのやりとりもお見せできます」

川本は答えた。一瞬のうちにてきぱきとした事務員に戻っている。

「じゃお願いします。森若さんもいいですか」

「はい、行きます」

沙名子は席を立った。

鎌本はすれ違うとき、早口で川本に声をかけた。

「さっきの件だけど、社用メールで俺のＬＩＮＥアカウント送っとくから。そっちから送ってもらってもいいけど」

「あはは、わたし、ＬＩＮＥやってないんですよ」

川本は笑顔で答え、経理室を出た。沙名子は書類とスマホを持ち、ふたりのあとを追った。

沙名子が喫煙所へ向かって歩いていくと、浦部が灰皿の前で腕を組み、ぼんやりと立っているのが見えた。

沙名子は時計を見た。十七時五十分。調査官はいつも通り、定時終了後に経理部に一報を入れたのち退室している。

天天コーポレーション社内の喫煙所は円城格馬《かくま》が社長になってから撤廃された。社員が煙草を吸いたければここまで来ることになる。似たような会社は多いらしく、所在なげに立って、帰宅前、残業前の一服をしている人たちが三人ほどいる。

「浦部さん、こんにちは」

沙名子は浦部に声をかけた。

浦部ははっとしたように振り向いた。

「こんにちは、森若さん。煙草をお吸いになるんですか」

浦部は社内で話すときと同じようににこやかに答えた。社内と違うのは髪をうしろにひとつにくくっていることと、ジャケットを羽織り、革のバッグを持っていることである。しばらくここにいたあとで帰宅するのに違いない。

「いえ、わたしは喫煙しません。ここは郵便局へ行くときの通り道なんです。通りがかりに浦部さんをお見かけしたものですから」

「そうですか」

喫煙所にだらだらと男性がふたり歩いてきた。やってられないよなあ――と話している。天天コーポレーションの営業部の男性である。

「――だからさ、村岡さんは意志が弱いんだよ。保身に走るっていうかさ。あの入浴剤の企画のときもそうだろ」

「といっても吉村さんもなあ……」

男性たちは煙草を取り出しながら喋りかけ、沙名子に気づいて慌てて言葉を止める。ふたりとも浦部には気づいていない。そもそも顔を知らないだろう。

浦部は右手に電子煙草を持っていたが、吸ってはいなかった。――そうだろうと思った。

「来週あたり、倉庫へ行くことになるんでしょうか」

沙名子は浦部に尋ねた。

調査官が退室したあとで共有フォルダを見たら、表にはいくつかの行が書き加えられていた。その中に、『製造部および開発部の原材料の在庫管理について』という行があったのである。倉庫までは見ないだろうと思っていたが甘くなかった。

「そうですね。メーカーさんだと行くことが多いです」

浦部は答えた。

「わかりました。準備しなければいけないですね」

「よろしくお願いします」

沙名子は会釈してその場を離れようとする。その背中に、声がかかった。

「──森若さん、今回の税務調査ね。一週間じゃ終わらないと思いますよ。一カ月──下《へ》手《た》したらもっとかかるかもしれません」

沙名子は振り返った。

浦部はこれまでと変わらず穏やかだった。唯一の意志の象徴のような、透明度の高いピアスがきらりと光る。

これが手みやげというやつかと沙名子は思った。喫煙者でもないのに喫煙所へ来て情報を得ていた代わりに、こちらにもひとつ、重要な情報を与えてやる。これでイーブン。営業部員と同じマインドなのかどうかはともかくとして、浦部には浦部の美学がある。

「ていねいに見ていただいて、ありがとうございます」

沙名子は言い置き、会社に向かった。

経理室に戻ったが、勇太郎はいなかった。いくつかの小会議室を見てまわり、美華と打ち合わせをしているのをやっと見つける。

美華は厳しい顔をして勇太郎の話を聞いている。美華もピリピリしているようだ。おそらく質問依頼表を見たのだろう。この先にある倉庫の調査について打ち合わせをしている。

「勇さん、いいですか。お伝えしたいことが」

沙名子はふたりの間に割って入った。

美華はファイルを閉じながら言った。

「どうぞ。今終わったところです。森若さんはわかっていると思うけど、おそらく来週、倉庫の調査が入ります」

「質問依頼表は見ています。——正直、来るとは思いませんでした」

「在庫は合っているのでまったく問題はありません。スケジュールは槙野《まきの》さんの返信待ちです。わたしと勇さんと佐々木さんで行くことになったので、留守をお願いします」

沙名子は一瞬、黙った。

勇太郎の顔を見るが、勇太郎は何も言わない。

「──わかりました」

「よろしくお願いします」

美華が出ていくと、勇太郎が沙名子に尋ねた。

「森若さん、伝えたいこととは？」

沙名子は気を取り直し、勇太郎と向き合う。

「大したことではありません。さきほど浦部さんとお会いしたら、一週間では終わらないと言っていました。一カ月、下手したらもっとかかると。口を滑らせたのだと思いますが、週末前にこのことをご連絡しておこうと思って」

沙名子は言った。

勇太郎は眉をひそめた。思ったとおり、初耳だったようである。

「浦部さんが？　どこで」

「喫煙所にいたので、お話をお伺いしました。──余計なことかもしれませんが、従業員は調査が終わるまで喫煙所やエレベーターでは私語を慎《つつし》んだほうがいいと思います。調査官が雑談を聞いている可能性があります。勇さんがそういったことをしたくないのは承知していますが」

勇太郎は息をついた。

「わかった。部長を通じて伝達しておきます」

「倉庫に行かれるのはいつですか？」

「麻吹さんが調整しているけど、来週の月曜か火曜と思っています。俺と麻吹さんと佐々木さん、三人で行きます」

「——すみません、お役に立てなくて」

沙名子は思わず謝った。

「何が？」

勇太郎が不思議そうに聞きかえす。

「真夕ちゃんから聞きました。本当は、担当者がわたしではなくて真夕ちゃんになるかもしれなかったんですよね。わたしには彼女のような調整能力がないので」

真夕が担当者を打診されたという旨《むね》を聞いてから、ずっと思っていたことである。

沙名子には浦部のような——あるいは太陽や山崎のような、川本のような、場を和《なご》ます力がない。冗談をうまくかわすこともできない。だから鎌本の嫌がらせをまともにくらってしまうのだ。かといって美華のように、真っ向から跳ね返す胆力もない。人を相手にする業務において、部長と勇太郎が沙名子でなくて真夕にやらせようと思ったのは当然の成り行きである。

沙名子は余裕がなくなると、人に気をつかう部分からリソースを削っていく、と言ったのは太陽だった。

「――ああ、そういうことか。考えすぎだ。担当者については、そろそろ佐々木さんにもこういうことができるだろうと思っただけです。いつまでも森若さんにばかり頼っていてはいけないでしょう。結局、今回は失敗できないから森若さんになったけど」

勇太郎はあっさりと答えた。

「森若さんも、ほかの部員もよくやっているし、調査経過も悪くはないです。これからは何年かに一度、定期的に来るようになると思う。多少の追徴課税は仕方がない。社員が自戒するきっかけにもなるし、この際、すみずみまで見てもらえばいいと俺は思ってるよ」

「そうですね」

勇太郎に迷いはない。沙名子は安心した。

「――森若さん。来週、あたしが倉庫行くらしいんですよ」

経理部に戻ると、帰り支度をした真夕が話しかけてきた。

真夕の横には川本と涼平がいる。川本はほっとしたようにペットボトルのお茶をストローで飲んでいる。どうやらヒアリングはうまくいったようだ。

沙名子の隣のデスクでは、美華がモニターを見つめ、黙々と文章を打っていた。新発田部長もデスクにいて、何かを書いてはせっせと印を捺している。おそらく調査官たちの追加の通行届だろう。

「そうみたいね。美華さんがいるから大丈夫でしょう。こっちは気にしないで頑張ってね」

沙名子は言った。

「すっかりあたしの仕事は終わったと思っていたのに、あんまりですよ。なんで森若さんじゃないんですか。ヤケクソで川本さんと岸さんとごはん行ってきます。早く行かないと鎌本さんが来そうで怖い」

真夕はぶつくさ言っているが、言葉ほど悲痛な様子ではない。

「鎌本さん、そんなに怖くないと思うけどなあ」

軽く首をかしげるようにして、川本が言った。

「いやー川本さんは鎌本さんの好きそうなタイプだから気をつけないと。森若さんも早く帰ったほうがいいですよ」

真夕は形ばかり声をひそめて言い、川本と涼平と一緒に経理室を出ていった。

「お先に失礼します」

「お疲れさまでした」

沙名子が挨拶すると、美華はそっけなく答えた。それどころではないのだろう。今日は残業をするのに違いない。

経理室を出るとエレベーターホールに鎌本がいて、真夕たちに話しかけているのが見えた。夕食に一緒に来たがっているようだが、川本がうまくかわしている。

着替えを終えて駅へ向かう途中で、沙名子は私用のスマホを取り出した。

太陽からのメールはなかった。ふと思い立ち、あとで電話してもいい？　とメールしてみる。

ＯＫ！　と嬉しそうな返事が送られてきたのを確かめて、沙名子は自宅への道を急いだ。

第二話

この質問は拒否できません！

朝、沙名子《さなこ》が経理室で紅茶の準備をしていると、営業部の山野内亜希《やまのうちあき》が入ってきた。

「おはようございます、森若《もりわか》さん。伝票お願いします」

「おはようございます。ちょっと待ってくださいね」

沙名子は作業を中断し、急いで席へ戻った。

経理室にいるのは沙名子だけである。新発田《しばた》部長と涼平《りょうへい》は何かの用事で席を外し、勇太郎《ゆうたろう》、美華《みか》、真夕《まゆ》は、税務調査官とともに川崎《かわさき》市の倉庫に行っている。

税務調査は続いているが、天天《てんてん》コーポレーションの第一会議室は今日一日、鍵がかかったままということになる。

今日は一日、呼び出しがかかることもヒアリングのアポイントを取る必要もない。久々の休息——というほどのものではないが、自分のペースで仕事ができるので、沙名子はほっとしている。勇太郎たちには悪いが。

「来週からの九州営業所への出張申請ですね。——ＯＫです」

亜希から伝票を受け取り、沙名子は言った。

亜希は営業部販売課の女性社員である。もともとトナカイ化粧品の営業部にいて、合併により天天コーポレーションの営業部販売課に配属された。

合併組で、女性初の外回り要員なので気負っているのかと思いきや、連日楽しそうに出張や外回りをこなしている。黒っぽいパンツスーツに白いシャツ、スニーカー。背が高く肩幅が広く、見るからに頼りになりそうである。

「九州の営業所で、新作の温泉入浴剤の展開について会議があるんですよ。わたしはこういうのは初参加です。リモートでもいいんですけど、顔を見せに行ってこいって吉村《よしむら》部長に言われました」

「お疲れさまです。同行は──鎌本《かまもと》さんですね」

沙名子は申請書を見ながら言った。

鎌本からの出張申請はまだ来ていない。今日来るかもしれない。涼平が受けてくれますようにとひそかに祈る。

「はい。九州って初めてだから楽しみなんです、森若さんも最近、九州営業所に行ったんですよね。どんなところですか」

初めての仕事で、面倒よりも楽しみが勝つというのは亜希らしいと思う。営業向きだ。

「うーん、わからないです。わたしが仕事したのは経理関係だけでしたから」

沙名子は答えた。九州営業所へは税務調査の下準備と確認のために行ったので、観光をする余裕などなかった。ホテルの近くでとんこつラーメンを食べたくらいである。

「初めて行く人は、必ず飲みに誘われるって聞きましたけど」

「それはありました。お断りしました」

「さすが森若さんですね」

亜希はおかしそうに笑った。

九州営業所は、東京本社以上に体育会系——根性論で仕事を語る、昭和のブラック企業のような体質が残っている。初対面の男性社員に独身ですかと尋ねられた。食事の誘いを断ったら東京の女性は気が強いと笑われた。侮蔑《ぶべつ》の意味はないと思うが、居心地は良くなかった。

おそらく大阪営業所の川本《かわもと》だったら、もっとうまく断るのだろう。そうは思うものの、今からそのやり方を履修できるとは思えない。会社員にそんな技術が必要だとも知らなかった。同じように直球でものを言う癖のある美華に、愚痴《ぐち》を言いたい気分である。

「亜希さんは誘われたら行くんですか？」

ふと好奇心にかられて沙名子は尋ねた。

亜希は首をひねった。

「どうだろう。相手次第ですね。以前も言いましたけど、わたしはいろんな人と飲むのが好きなんですよ。勉強になるので」

「断るときはどうするんですか？」

「用事があるので次の機会にって言いますよ。——森若さん、何かありました？」

亜希が尋ねた。心配している。沙名子は慌《あわ》てて手を振った。

「税務調査なら順調です。始まる前よりも余裕があるくらいです」

「ああ——そうじゃなくて」

亜希はすばやくあたりに目を走らせた。経理室に誰もいないことを確認し、声を低くする。

「こんなこと言うの、失礼かもしれないですけど……。確認なんですけど、森若さん。鎌本さんとつきあっている、ってことはないですよね？」

沙名子は思わず両手を握りしめた。顔をあげて何かを言いかける前に、亜希が早口でなだめてくる。

「わかってます、確認しただけだから。そんなことがあるわけないですよね」

「どうしてそんな話になったんですか。希梨香《きりか》ちゃんですか」

「いえ違います。希梨香ちゃんは、森若さんは彼氏がいると思うけど、鎌本さんってことは絶対にないって言っていました。鎌本さんが、森若さんと交際しているってほのめかしていて、まさか嘘《うそ》だろうと思ったので」

「大嘘です。やめていただきたいです。今後、何かあったら鎌本さんをセクハラで総務部に訴えます」

沙名子は言った。いつもよりも言葉が強かったかもしれない。亜希は眉をひそめた。

「セクハラされたんですか」

「少し前に食事に誘われました。酔っていたので冗談だったと思います。もちろんお断りしましたし、それ以降は何もないです」

社員同士の食事というのは天天コーポレーションではよくあることだ。沙名子も山崎《やまざき》に誘われて行ったことがある。受けるか断るかの二択で、断ったときに相手が引けばそれで終わる。

鎌本は数回断ったのに引かなかった。社内とはいえ夜で、酔っていたので不快だった。この不快さはセクハラだからなのか。説明してわかってもらえるものなのか。自意識過剰だと嗤《わら》われるのはこちらなのではないか。訴えるにしても余計なことを考えなくてはならない。

「よかったです。森若さんは綺麗《きれい》だから苦労しますね。何かあったらわたしに言ってください。まとめて抗議します」

亜希は真剣なおももちで言った。

天天コーポレーションの女性たちは仲がいいので、警戒情報が出るのが早い。しかしまとめて抗議するなどと考えたこともなかった。鎌本はセクハラにならないギリギリの線を狙ってくるとロッカールームで憤慨していただけだ。

亜希は合併で入ったばかりなのに、天天コーポレーションの女性たちの間でリーダーシップを取りつつある。配属を決めるとき、直接、総務部長と営業部長にメールを出してかけあったというのは伊達《だて》ではない。

「鎌本さん、なんであんなに女性を憎んでいるんでしょうね。わたしは年齢や身長のことで嫌味を言われるだけだからいいんだけど。鎌本さんだってもうすぐ四十歳なのに」

亜希は不思議そうに言っている。

「亜希さんも何かあったんですか」

沙名子は尋ねた。亜希は配属当時、鎌本と組んであちこちを回っていた。今も名目上はそのはずだが、ひとりで行くことが多くなっている。

鎌本が女性のことを好きなのか憎んでいるのか、沙名子にはわからない。憎んでいるならなぜ誘ってくるのか。恋人がいたこともあるし、大阪営業所の川本のＬＩＮＥ《ライン》も尋ねていた。

亜希は首を振った。

「そういうのはないです。三十代の独身女性とか、身長百七十センチ以上、体重は六十キロだったかな、わたしは鎌本さんのNG項目の全部に該当しているので。鎌本さんは男性にはそつなく営業するから、男性の担当者のお仕事だけにしたほうがいいと思います。天天コーポレーションはいい会社だと思うけど、一部の慣例には賛同しかねます。吉村部長には、女性をもっと販売課の外回り要員に入れてほしいとお願いしました」

「言ったんですか」

「はい。配属されて半年経《た》ったら言おうと思ってたんです。化粧品を扱っているんですから、もっと女性の意見を取り入れるべきです。吉村部長に煙《けむ》たがられるなら別の策を考えたところですけど、そんなこともなくて、もうひとり女性が入ることになりました。だからわたしは吉村さんを信頼しているんです」

亜希はさらりと吉村を信頼していると言った。こういうところはベテランの社員に可愛《かわい》がられそうだ。その分、敵も多そうだが。

「吉村部長も亜希さんを気に入っていると思います」

「だったらいいんですけど。吉村さん、最近になって急に、女性活躍とか言い出しているんですよ。その言い方がすでに古いんですけど、こちらにとってはありがたいです。――森若さん、よかったらランチへ行きません？　わたし、今日はデスクワークをする予定なんです」

「わたしはお弁当なんです。今日は岸《きし》さんとわたししかいないから、経理室を空けられなくて」

沙名子は言った。少し残念である。珍しく年上の女性に甘えたいような気持ちになっている。

「たまには森若さんも、希梨香ちゃん主催の女子会に来ればいいのに」

「ありがとうございます」

沙名子は言った。

亜希はそれ以上は誘わなかった。真夕もいないのに、珍しく雑談してしまった——と思っていたら、経理室にファイルを抱えた涼平が入ってきた。ドアの付近で亜希とすれ違い、あ、と言う。涼平もトナカイ化粧品からの社員なので仲がいい。

「亜希さん、伝票ですか」

「涼平くんがいないから森若さんと話してたわ。税務調査お疲れさま。涼平くん、経理部の皆さんの足引っ張ってない？」

「ひどいな、力仕事要員として重宝されてますよ。書類のダンボールってけっこう重いんで。亜希さん、倉庫の調査に行きたがってましたよね。結局諦《あきら》めたんですか」

「呼ばれなきゃ行けないのよ。槇野《まきの》さんだって製造部から足を運ぶんだから、わたしが行ったっていいのに」

「税務調査を受けたい人なんて、亜希さんくらいですよ」

涼平は呆《あき》れ、亜希は笑って経理室を出ていった。


亜希がいなくなると、経理室は急にがらんとして見えた。

「山野内さん、今日、川崎の倉庫に行きたいって言ってたの？」

沙名子は涼平に声をかけた。

「そうですね。昨日、槙野さんから問い合わせがあって、グループでトークしたんです。槙野さんはトナカイ化粧品のときの経理担当として、倉庫の調査に立ち会うから。そのときに、亜希さんも行こうかなって言って」

槙野というのは製造部の男性社員である。彼はトナカイ化粧品では総務課長で、経理担当者だったので、今日は特別に勇太郎たちと同行しているのだ。

合併によりトナカイ化粧品の従業員の多くが天天コーポレーションの社員になった。沙名子がよく関わる社員としては、営業部の山野内亜希、経理部の岸涼平、製造部の槙野徹《とおる》の三人が、トナカイ化粧品の出身ということになる。

浦部《うらべ》たちの指定した倉庫というのが川崎だとわかったときはがっくりした。川崎市の倉庫はもともとトナカイ化粧品のものなのである。合併したとき、美華が不動産の扱いについて頭を悩ませていたのを覚えている。

在庫の検査をしたいのはわかるが、なぜ静岡工場でも茨城県の研究所でもなく、川崎なのか。トナカイ化粧品の不審な経理について気づいたのか。見逃してくれなかったと調査官を恨みたくなる反面、さすがだと思う気持ちもある。

「槙野さんから、何の問い合わせがあったんですか」

「なんだったかな」

沙名子の口調が仕事のものだと気づき、涼平は私用のスマホを取り出した。

沙名子はミルクティーを口に運びながらＰＣへ向かい、川崎倉庫の在庫データを呼び出した。

四年より前のものである。原本の納品書は紙で、会議室にあるので見ることはできない。在庫管理表は倉庫と工場のノートに書き付けてあったが、合併を機に処分したらしい。

槙野が総務課長になったのはだいたい四年前。その前のトナカイ化粧品は、管理部門が大ざっぱだった。現場の責任者がいない。その気になれば末端の担当者が改ざんできる。経理台帳にも不明な項目があって、総務部長さえ了承すればいくらでも経費を使える状態だった。

たちが悪いのは、会社ぐるみであえて杜撰《ずさん》な状態を続けていたということだ。

トナカイ化粧品は一時期、循環取引を行っていた。最初は意図的な期ずれ——銀行に対して一時的に経営状態を黒字に見せかけるために、原材料の納入時期と支払時期をずらすことから始まり、正す人がいないまま、ずるずると粉飾に近い状態になったのである。

槙野が総務課長になったのはその時期で、その後三年かけて修正した。赤字経営をなんとか持ち直したところで天天コーポレーションとの合併の話が持ち上がり、今に至る。

「ええと——そうそう、槙野さんに、川崎倉庫の事務員に異動はなかったか訊《き》かれたんですよ」

涼平がスマホを見ながら言った。

「倉庫の従業員は正規社員じゃなかったよね」

「そうですね。倉庫の開け閉めをしているのは、もともと工場勤務をしていた嘱託《しよくたく》の人です。事務は近所のパートの女性です。今の人はけっこう長かったと思います。社員じゃないから逆にそのままだった、みたいな。ダンボールを運ぶとき、久しぶりに会いました」

「倉庫はどんな状態だった？」

沙名子は担当ではないので、川崎の倉庫に行ったことはない。合併を機にあちこちを新しくしたことは知っている。

「綺麗になっていて驚きましたよ。プレハブの事務室を建て直したので、雨漏りしなくなったって。在庫管理もそれまでは紙だったのが、製造部のシステムが入っていました。嘱託の人はそういうの苦手なんだけど、パートさんが意外と強くて、普通に扱えるようになってて」

「槙野さんに、納品書については訊かれた？」

沙名子は尋ねた。

システムが入ったのは今年に入ってから——ということは、トナカイ化粧品の時代のデータは入っていない。槙野が期ずれについて心配するのなら、気にするのは四年以上前の納品書のはずである。

「はい。どうなったか聞かれたので、けっこう力仕事があって大変だったって言いました。合併までトナカイ化粧品のオフィスに置いといた資料を川崎の倉庫に移して、それを天天コーポレーションに移して、今は調査官の人がチェックしているころだって。調査が終わったらまたどこかに移すんですよね。もう運ぶのにも慣れました。なんだか麻吹《あさぶき》さんには力仕事を頼めない雰囲気がありますね」

涼平は目を細めた。

トナカイ化粧品の資料は、先週末に涼平と美華と、手の空いている総務部の社員が会議室に運んだ。美華は数字上の業務は行ったが、過去の資料に触るのは初めてである。涼平とともに会議室にこもって、額《ひたい》に青筋を立てながら整理をしていた。紙の資料はかさばるし、埃《ほこり》っぽいし、検索もままならない。自分の担当でなくてよかったと心から思った。

今日、調査官が川崎倉庫へ行くのなら、わざわざ運ぶ必要はなかったなと思う。

「このあたりかな」

考えていたら、涼平がスマホを差し出した。

沙名子は身を乗り出して、ＬＩＮＥの画面を覗《のぞ》き込む。

りょうへい　納品書の日付は俺と麻吹さんが全部チェックして、問題なかったです。確か過去の決算書に間違いがあったんですよね。それは全部払ってあるから心配ないって。気になるなら訊いてみましょうか

槙野徹　いいです。どうせ明日になればわかることだから。事務所の奥の棚にあるやつも運んだ？

りょうへい　運びました。一番古い見積書と納品書の束ですよね

あき　調査官の人、そういうのもいちいち見るの？　一枚ずつ？

りょうへい　立ち会ってないけど、見るみたいです。わりと細かいんですよ
あき　大悟《だいご》さんには連絡とった？
りょうへい　社長と池脇《いけわき》さんには、麻吹さんが連絡とったんじゃないかな
あき　もしも合併前のトナカイ化粧品の会計に不備があったとしたらどうなるの
りょうへい　追加納税します。田倉《たくら》さんと麻吹さんは、ともかく問題ないって。いろいろ言ってたけど忘れました
あき　それは天天コーポレーションが払うの？　それとも大悟さんが払うってこと？
りょうへい　俺にはわからないです。田倉さんに訊いてみますか？
槙野徹　それはやめてください。
あき　それはやめて

槙野と亜希がふたりともに勇太郎を怖がっているのには苦笑するしかない。

社長、大悟さんとは、トナカイ化粧品の元社長で、今は天天コーポレーションの執行役員になっている戸仲井《となかい》大悟のことだ。池脇とは、槙野の前の経理担当者だ。高齢なので合併を機に退職している。

槙野は当然として亜希も、トナカイ化粧品の経営が杜撰であったことはわかっている。

トナカイ化粧品の経営状態は合併したときに調査済みだ。沙名子まで胃を痛くしながら深夜残業していたのは伊達ではない。

過去に何があったにしろ、精算は済んだ。勇太郎も美華も、数字を見る目は確かだ。

美華は仮に天天コーポレーション、トナカイ化粧品の不利になるような新しい事実が指摘されたら潔《いさぎよ》く自分の確認不足を認めるだろう。どちらのサイドにも立たず、自分の面子《めんつ》にこだわらず、間違っているなら正すべきだというのが美華の理念なのである。勇太郎が数字の神の僕《しもべ》なら、美華は正義の女神に忠誠を誓っている。

あるいは——だからか……。

沙名子は、静岡工場にいる槙野を思い出す。

今日、彼はトナカイ化粧品側の管理者、経理担当者として、勇太郎、美華、真夕とともに川崎にいる。倉庫の査察があると聞いたら、すぐに自分から行くと言い出したらしい。

槙野は経理マンとして優秀だったが、理念は勇太郎とも美華とも沙名子とも違った。いわゆる昔ながらの番頭のタイプで、会社のために数字を隠蔽《いんぺい》することをいとわない。そのために苦悩していたのである。

隠蔽——などと、嫌な言葉を思いついてしまった。

同族経営から始まった会社だからか、どうにもトナカイ化粧品の社風は古くさい。社員が会社に尽くすのが前提になっている。その分結束も固いのだが、経理に関してはよくないスタンスだと思う。

「――岸さん、トナカイ化粧品の、四年より前の在庫管理表を持っていますか？」

沙名子は少し考えたあとで口に出した。

涼平は怪訝《けげん》そうに沙名子を見た。

「え？」

「問い合わせが来るかもしれないので、見ておこうと思って。原本は処分したけど、美華さんがまとめた資料がありますよね」

「ああ――」

涼平はＰＣのモニターを見つめ、マウスを動かした。涼平は美華の手伝いをしていたので、開発部、製造部の資料作成に携《たずさ》わっている。

「七年分あります。最終版じゃないかもしれないけどいいですか」

「お願いします」

沙名子はミルクティーに口をつけ、ゆっくりと資料を読みはじめた。

四階へ向かって階段を上っていくと、エレベーターホールで亜希が男性と話しているのが見えた。

「いや、そんなこと言われたって、俺はトナカイ化粧品のほうは引退してるのよ。昔のことは池脇か槙野に訊いてくれんかなー」

のんきな声で答えている男に見覚えがある。トナカイ化粧品の元社長、戸仲井大悟だ。今は天天コーポレーションの執行役員である。非常勤なので、あまり社内で顔を見ることはない。名目上は化粧品の営業と企画担当だが、経営には携わっていないようだ。要は名誉職——合併した元社長なので、合併先の名前ばかりの役員におさまったということである。

「社長はいつもそうなんだから。今回ばかりはダメですよ、税務調査ですよ」

亜希がエレベーターの前に立ち塞がるようにして滑り込んでいる。

向かい合うと亜希のほうが背が高い。大悟は三十代後半だが、甘えたようなところがあるのは二代目社長だからか。精力的で人なつこそうな男である。

「と言われてもな。帳簿とか登記簿とか、本当に知らないんだよ、俺」

「知らないふりしてバレたら怖いですよ」

「そうなったら亜希ちゃん、助けてくれる?」

「助けますけど、もうトナカイ化粧品じゃないんですから」

「怖いなあ。仕方ない、槙野に頼むか。なんで槙野、経理部に入らなかったんだろうな。入っとけって言ったのに」

「そういうのが嫌だったからだと思いますよ」

四階は役員室と会議室しかないので、社員はあまり出入りしない。亜希と大悟は身内独特の馴《な》れ合いの雰囲気で話している。

「――山野内さん」

割って入るのは気がひけたが仕方がない。

沙名子が声をかけると、ふたりはぴたりと声を止めた。

「あ、森若沙名子さんですね。こんにちは。今回はご苦労さまです。格馬《かくま》さんから話を聞いているけど、本当に大変だなって心配してるんですよ。うちの岸とか、迷惑かけてませんか」

亜希が口を開く前に、大悟が沙名子に向かって笑顔になった。

大悟が沙名子を覚えていたということに驚いた。大悟とは経理室で少し話をした程度で、ほぼ面識はないのである。

「岸さんには助けられています」

「それならよかった。しかし税務調査とかね。まさか合併して一年目から来るとは思わなかった。何せ合併からこっち、田倉くんがどんどん痩《や》せていくんでね。槇野もそういうときがあったけれども。会社が太ると経理部員は痩せるのかなあ」

大悟ははっはっは、と笑った。亜希も笑った。沙名子は笑い損ねた。おまえのせいだろうがと言いたい。

エレベーターの扉が開いた。大悟がすばやく乗り込む。

「とにかく今日は、用事があるんで失礼します。森若さん、うちのを頼みます。やっかいなことがあったら叱《しか》ってやってください。山野内も岸も槇野も、優秀で真面目《まじめ》でいいやつです。これぱかりはね、胸を張って送り出せます。自慢の社員なんですよ。よろしくお願いします」

大悟は早口で言った。待てと言う暇もなくエレベーターの扉が閉まり、階下へ向かっていく。


「――逃げられたわ」

亜希が悔しそうに言った。

「すみません、営業部で尋ねたら、四階に行ったたって言われたものですから。亜希さん、戸仲井さんに会いに来たんですか？」

沙名子が尋ねると、亜希はため息をついた。

「はい。昨日、槙野さんとも話したんだけど、調査官が川崎の倉庫へ行くってことは、トナカイ化粧品の経理に疑いが持たれているってことでしょう。――森若さんは知っていると思うけど、トナカイ化粧品は、これまでの全部がクリーンなわけではないんです」

「はい」

沙名子はうなずいた。

隠しても仕方ない。幸い、あたりには誰もいない。

「だからわたしも、今日は外回りをしないで、問い合わせがあったら答えられるようにスタンバイしているんですよ。社長――今は元社長か、大悟さんにもそうしてほしくて言いに来たんだけど、そうしたら用事を急に思い出したんだって。藪蛇《やぶへび》だったわ」

「経理的な処理は全部済んでいますよ。今のところは、在庫管理に対する具体的な問い合わせはないです」

「でも、倉庫に行く予定は最初はなかったわけでしょう。調査官が資料を見て、確認したいことが見つかったから行く、ということですよね」

亜希の言葉にはかすかに怯《おび》えのようなものがある。

沙名子にとっては慣れている。私的な飲食費を交際費に紛れ込ませて、チラチラとこちらの様子を窺《うかが》っている営業部員の声である。

「そうですね。トナカイ化粧品の納品書は紙だけなので、確認するためには倉庫へ行くのが手っ取り早いです。特に、槙野さんが総務課長になる以前のものは」

「知りたいのは数年前の情報ですよね、それは別に、今の倉庫を見てもわからないんじゃないですか。昔はボロボロのプレハブだったけど、設備を新しくしたんでしょう。何年も前の在庫の書類なんか、残ってないですよ」

「在庫管理表は残っていませんが、長く勤めている従業員なら、私的なメモやテキストデータを残していることも考えられます。ヒアリングすれば何か思い出すかもしれません。そこまでは美華さんもチェックしていないと思うので」

沙名子は事務的に言った。

亜希が眉をひそめる。

「私的なメモやテキストデータ。そんなものが証拠として有効になるんですか」

「有効かどうかは調査官が判断することですが、経理部としては、指摘があって納得できるものであれば、認める方針です。——念のためお伺いしたいのですが、亜希さんの手元に、製造スケジュールとか、納品日の記録などといったものはないですか？」

沙名子は尋ねた。そのために来たのである。

トナカイ化粧品では営業部員が三人しかおらず、実質、亜希がリーダーだった。年齢からして、亜希は会社の経営が傾き、経理の状態が杜撰だったときに入社したということになる。槙野と部署は違うが、合併も含めて苦難を乗り越えてきた盟友だろう。

経営には失敗したが、化粧品の販売数は持ちこたえていた。天天コーポレーションでの様子を見ても、亜希が戦略的に営業をしていることは明らかだ。社内に残っているデータとは別に、商品の納入スケジュールを把握し、記録に残していてもおかしくない。

涼平から見せてもらったＬＩＮＥの限りでは、槙野は勇太郎と話すことを過剰に怖がっていた。おかしなことである。勇太郎はトナカイ化粧品が過去に循環取引を行っていたことを知っていて、その上で合併し、諸々《もろもろ》の経理処理も修正納税も済んでいると言っていたのに。

トナカイ化粧品にはまだ隠していることがある。勇太郎に知られたくないことが。

勇太郎にしても、池脇が持っていたという——そしてこればかりは槙野も否定した、裏帳簿は見ていないだろう。

「スケジュールを知ってどうするんですか」

亜希は真剣な表情になって尋ねた。

「納品書、製造日、入出金日と照らし合わせて、常識的な日程かどうかを確認します。期ずれっていうんですが、たとえば納品する何カ月も前に先方から支払いがあるとか、すぐに手に入る原材料を数カ月も前に買っていたらおかしいですよね。決算に合わせて入出金を意図的にずらしていた可能性があります。今回、納品書には間違いはなかったので、その納品書が改ざんされていたり、意図的に、先方に日付を変えてもらったりしていないかどうかを調べていると思います」

「――改ざん」

亜希はつぶやいた。その言葉が恐ろしいものであることはわかるようだ。沙名子もできるなら言いたくなかった。

「――わたしは、トナカイ化粧品のものは処分しました。オフィスを解約するときに、そうせざるを得なかったの」

亜希はしばらく黙ったあとで、ゆっくりと言った。

沙名子はうなずいた。

「そうですか。だったら、思い出したら教えてください。もし本当に疑われたら、納品先、購入先にヒアリングをする場合もあります。そうなったら悪意の脱税を疑われて、追徴課税で済まず、重加算税が課される場合もあります」

「その税金は、天天コーポレーションが払うんですか？　それともトナカイ化粧品？」

「――それはわからないです。契約によるんじゃないでしょうか」

沙名子は言った。合併したもとの会社の間違いに対する税金は、合併後の会社が払うべきなのか。このあたりは沙名子には判断できない。

なぜトナカイ化粧品の不正の尻拭《しりぬぐ》いを天天コーポレーションがやらなければならないのだと思うが。法的に決まっているなら仕方がない。

「そうですか。わたしはもしも何かあったら、社長――大悟さんが払うのかと思っていました」

亜希はつぶやくように言った。

「そういうこともあるとは思います。もうトナカイ化粧品という会社はないわけですし、合併前の追徴課税についての項目があれば、実質、前社長の個人資産から出すこともあるかと」

「大悟さんには出せませんよ。毎日遊び回ってるから。困った人なんです。資産を取り上げられたら、大変なことになると思います」

「残念ながら、やったことはなかったことにできません。そうなったら、不動産や今ある預貯金、今後の役員報酬から出すことになるでしょう」

「――そうなんですね」

「ただし、今回の場合、追徴課税はないパターンかもしれないです」

沙名子が言うと、亜希ははっとしたように顔をあげた。

「それはどういうことでしょう。不正があっても税金を取られない？」

「税金は利益にかかるものなので。黒字を赤字に見せかけたのなら追徴課税を取られますが、赤字を黒字に見せかけたのなら取られません。――一般的にはですが」

沙名子は注意深く言葉を選んだ。まだ隠蔽が確定したわけではないのだ。

トナカイ化粧品の循環取引は、国税局向けのものではなく、銀行向けのものだった。決算書に不備があっても追徴課税は取られない、むしろ返ってくる可能性もある。

課税より痛いのは社会的なペナルティーを受けることである。取引先に連絡がいったら信用を失う。天天コーポレーションは不正な決算をした会社だという噂《うわさ》が立ったら、会社のイメージが下がり、天天石鹼《せっけん》の売り上げに響く。

勇太郎が危惧《きぐ》しているのもそこだと思う。だからこそ隠すのでなく、何を尋ねられても正直に答え、駆け引きなしで認めているのである。

もしも本当に不正を指摘されるのなら、やったのは天天コーポレーションでなく、合併前のトナカイ化粧品であるということは強調しておかなくてはならない。亜希は大悟にペナルティーがいくかどうかを気にしているが、私情が介入する余地はない。

亜希はそのまま黙って歩き出す。亜希は沙名子と同様、あまりエレベーターを使わないタイプのようだ。

「戸仲井大悟さんは、困った人なんですか？」

亜希は珍しく無言になっていた。肩を並べて階段を下りながら、沙名子は尋ねた。

大悟については以前、槇野からも同じようなことを聞いたことがある。

トナカイ化粧品の元社長の戸仲井大悟は、二代目の若社長である。人はいいのだが贅沢《ぜいたく》好きで、経営者としては深慮が足りない。社用車として高級外車を買ったり、社員の結婚祝いとして腕時計を贈ったりする。結果としてトナカイ化粧品の経営が傾き、天天コーポレーションに吸収合併をされることになる。

トナカイ化粧品は、トップが部下を従えるというのではなく、優秀ではないが憎めない大悟を、勤勉な部下たちが支える、そういう会社だったようだ。

亜希はこくりとうなずいた。

「大悟さんは、トナカイ化粧品にはリピーターのユーザーがいるからと甘えているようなところがありました。わたしは営業だから新規のお客さんを獲得しなきゃって焦っていましたけど。結局、天天コーポレーションと合併できたから、結果としてはよかったのかな。運がいい、もってるっていうんですか。なんでも、最終的にはうまくいく人なんですよね。そういうのも社長の資質なのかもしれません」

亜希は過去を思い出すようにぽつりぽつりと言った。

「山野内さんと気が合うようですね」

沙名子はさきほどの会話を思い出した。亜希は社長を大悟さんと呼び、大悟は亜希ちゃんと呼ぶ。トナカイ化粧品がアットホームな会社だったのは間違いない。

社員を大事にしたいなら、結婚祝いよりも通信費を払い、給料を上げ、有給休暇を取らせるべきだと思うが。

「わたしは大悟さんに気に入られているんです。恩があるというか。――わたし、もともとバレーボールの選手だったんですよ」

亜希は話を変えた。

「バレーボール。ああ――」

沙名子はつぶやいた。ロッカールームの噂話で、亜希が体育大学の出身で、アスリートだったというのは聞いたことがある。

「大学出たあとで、クラブチームでいいところまで行ってたんだけど怪我《けが》しちゃって。進退について迷ってたら、知り合いから大悟さんを紹介されたんです。バレーに限界を感じてるって言ったら、雇ってやるから営業やれって。びっくりしました。営業の経験なんてないのに。就活ってこんなのでいいのかって思いました」

「けっこう適当……いや、大らかな人ですね」

亜希は苦笑した。

「いい加減なんです、よくも悪くも。入社の前にスーツと靴のカタログ送ってきてね、好きなの選べって。気に入ったら後先考えずにポンポン買っちゃう、誰でも雇っちゃう。呆れますよ」

「でもそれで、うまくいったわけですよね。亜希さんは優秀な営業ですし」

「そうですね、だから、何かもってる人なんです。経営は下手《へた》でしたけど」

営業部に向かって別れる前に、亜希は少し寂しそうに言った。

沙名子は席につくと、デスクの引き出しから名刺を取り出した。

トナカイ化粧品取締役社長、戸仲井大悟。総務部長、池脇邦男《くにお》。ふたりが経理部に挨拶《あいさつ》に来たときにもらったものである。この肩書きは今は存在しない。

大悟と池脇は合併については槙野に任せきりだった。今回も表に出てこない。池脇は高齢を理由に、合併を機に退職している。

「岸さん、戸仲井大悟さんについて、どう思っていますか？」

沙名子は斜め向かいのデスクで仕事をしている涼平に声をかけた。

「――え？」

涼平は顔をあげ、目をぱちくりさせる。真夕ならともかく、沙名子のほうから声をかけてくるとは思っていなかったのに違いない。沙名子はさりげなく雑談を始めることができない。

「大悟さん――いえ、社長ですか」

涼平は言った。

トナカイ化粧品では、社長を大悟さんと呼んでいたようだ。天天コーポレーションでも、部長以上の管理職が社長を格馬さんと呼び、つられたように社員もそう呼ぶようになっている。二代目社長とはこういうものなのか。本人がどう感じているのか知りたいところである。

「さきほどお会いしたんですが、わたしのことを覚えていたんです。記憶力がいいなと思って。豪放磊落《ごうほうらいらく》っていうんですか。話しやすい人ですよね」

涼平は苦笑に近い笑顔になった。大悟について話すとき、トナカイ化粧品の社員はよくこの表情になる。

「そうですね。人の顔と名前をすぐに覚えちゃうんですよ。特に気に入った人は。社員の家族の誕生日まで覚えてて、サプライズしたり。社員には好かれていましたよ。槙野さんはどうかわからないけど」

沙名子は涼平を見た。意外である。

「戸仲井大悟社長と槙野さんは、仲が悪かったんですか？」

涼平は、うーん、とつぶやいた。

「悪くはないけど。経営については対立していましたね。槙野さんが総務課長になってから全体的に予算を引き締めてましたから。土地も売ることになったし。社長室から怒鳴り声が聞こえてきたこともありましたよ」

「――怒鳴り声」

「社長のですよ。槙野さんはいったん決めたら引かないし、静かに怒る人ですから。槙野さんは製造費削るくらいなら人件費削るって言って、社長がそれに怒って、そのときはけっこう険悪でした。結局、社長が折れたんですけど。亜希さんは槙野さんに食ってかかっていましたね。経費を使わせろって」

「経費を使わせろ——ですか」

「だって出張費がほとんど出ないんですよ。亜希さんは営業したいし、槇野さんは引き締めたい。でも化粧品のクオリティーは下げたくない。大悟さんは人件費を削りたくない。みんな会社のことを思っているわけで、俺としてもどこについたらいいのかわからなくて、亜希さんと槇野さん、両方の愚痴を聞いてました」

涼平は懐かしむように言っている。

涼平は三つ巴《どもえ》の争いのように言っているが、沙名子は槇野に同情した。経費をかけたくても資金がなく、銀行が貸してくれなければ出しようがない。

しかしこのままでは倒産しますと社員に言うわけにもいかない。製品の質を落とさないかわりに人件費を削るという選択が正しいかどうかはともかく、小さなメーカー企業は、看板商品の質の良さは生命線である。おかげで天天コーポレーションと合併することができた。最高の選択ではなかったと思うが、最悪の事態は免《まぬが》れた。

「あと合併の話があったときですよね。社員が知らないうちに、社長と槇野さんの周辺で決めちゃったから、亜希さんが社員代表で話していました。社長と仲がいいので、サシで話したいとか言ってね。そう言われたら断れませんよ。あのときの亜希さんはかっこよかったです」

「いろいろあったんですね」

沙名子はつぶやいた。いろいろといえば天天コーポレーションもあったわけだが。どうやら要求したいことがあったら直談判《じかだんぱん》するのが亜希の流儀らしい。

沙名子はトナカイ化粧品のオフィスを思い出す。一等地のオフィスビルの一室にしては、やけにゴタゴタしていた。決算書は見ているし、槙野から当時の状況を聞いたことはあったが、一社員から見た社内の様子はまた違う。

「そうですね。俺は入社して間もなかったし、ぼやぼやしてただけだけど。なんか会社員て大変そうだなあ、なんて思いつつ」

涼平は笑った。

「岸さん、新卒入社じゃなかったんですか」

「ふらふらしてて、親がうるさいんで社員募集の広告を見てトナカイ化粧品に入ったんです。それが今や天天コーポレーションの経理部なんて、よくやってるなって我ながら思います。田倉さんとかマジでできる男だし。俺にできるのはダンボール運ぶくらいだけど」

「よくやっているでしょう。これからは主力になってもらうつもりだから」

沙名子はこれだけは本音で言った。

涼平は真面目で性格がいい。同年代の真夕の下で働くこともいとわないし、勇太郎や美華に厳しいことを言われたら頭をかいてやりすごしている。とりたてて優秀でも努力家でもないが、常に安定していて大きな失敗をすることがない。貴重な資質である。

「いやあ、それは期待されると困ります」

「ものすごく期待しているからよろしく」

「麻吹さんから簿記やれって言われているんだけど、教科書見てるだけで逃げたくなりますよ。佐々木《ささき》さんはなんだかんだすごいなと。——あ、電話」

涼平は真夕と同じように雑談好きである。そろそろ仕事に戻りたいと思っていると、電話が鳴り、涼平が取った。

「——はい。田倉さん、お疲れさまです。——森若さんですか、いますよ。替わります」

「勇さん？」

沙名子は最後のミルクティーを急いで飲むと、受話器を取った。

倉庫にいる勇太郎からの問い合わせである。そろそろ来るような予感がしていた。

『森若さん、納品書について槙野さんから何か聞いたことは？』

勇太郎はぶっきらぼうに尋ねた。

機嫌が悪いと面倒な社交辞令を省《はぶ》くのである。管理職になってからはかなり抑えているが、こちらが素だと沙名子は思っている。

勇太郎の電話の背後がざわわしている。考えるまでもなく、倉庫での調査のまっただ中だ。沙名子は受話器を手で隠し、涼平から顔をそむけて声を低くした。

「帳簿の件ですか？」

『いや違う。そんなものはない。期ずれのほうです』

勇太郎は答えた。勇太郎は裏帳簿という言葉を絶対に使わない。

「そちらに槙野さんがいらっしゃるはずですよね。彼はなんと言っているんですか」

『四年も前のことなので記憶にないと。正確な発注日と製造日と納品日がわからない。今は調査官が、事務員のＰＣを精査しています。今年になってからのものだから、過去のデータはないけど』

沈黙が落ちた。

槙野も言質《げんち》を取られないようにしている。否定でも肯定でもなく、記憶にないと言う。つまり何かあるのだ。そう思ったから勇太郎は沙名子に連絡してきた。

「もしもトナカイ化粧品が、納品書や発注書を改ざんしたことがあるのなら、こちらから言ったほうがいいと思います」

沙名子は言った。ここで言葉を濁《にご》す意味はない。

『改ざんはしていない。架空売上でもない。俺も麻吹さんも納品書の現物は見た。修正液を使ったり、あとから書き足したりしたものはなかった。預金通帳とも照らし合わせた。あるとしたらただの期ずれだ。たまたま入手金と納品の日付が決算をまたいだだけ、向こうかこちらが発行日の日付を書き間違えただけ』

勇太郎はきっぱりと答えた。断固としてここだけは認めたくないようである。

「意図的ではないということですか？」

『意図的じゃない。解釈の違いで、調査官が修正すべきだというのなら修正する。納品日の日付がはっきりすれば、どこが期ずれになっているかわかる』

「仮に期ずれだったとしても、追徴課税を取られることはおそらくないです。トナカイ化粧品の場合、黒字を赤字に見せたのではなくて、赤字を黒字に見せかけたものです。むしろ税金を返してもらえるかもしれません。だから槙野さんは合併のとき、勇さんに言わなかったのでしょう」

沙名子は言った。槙野は数字の正しさよりも、天天コーポレーションの負担になるかならないかで判断した。脱税にならないなら言う必要はないというのが槙野の正義である。

『見せかけたんじゃない。意図的じゃなく、たまたまそうなったんです。何度言ったらわかる』

　勇太郎は苛立《いらだ》ちを抑えきれない声で言った。

『課税されなくても、ひとつ隠せばもっと隠していると思われる。調査官が見つけ出す前に製造日と納品日をはっきりさせたい。森若さん、槙野さんと仲が良かったですよね。俺じゃダメだから話してくれませんか』

　勇太郎が沙名子に、誰かと話してくれなどと頼むのは珍しい。槙野になんと言ったらいいのかわからないようだ。

　勇太郎は器用な性格ではない。何があっても意図的じゃないということで押し通すので、決算上の数字と違うということがバレても大丈夫です、などという微妙な話を、調査官の前では言えないだろう。

　槙野は頑固である。美華はフォローをするような性格ではない。真夕は不穏な空気は感じるだろうが、トナカイ化粧品の過去の事情など知らない。

「わたしでもダメです。槙野さんは強く言ったところで動かないですよ」

　これだから経理部員というやつはと思いながら、沙名子は言った。

　槙野は従業員のＰＣを精査されることは覚悟していただろう。それでも言わないということは、その中に証拠がないことに賭けたのだ。四年も前のことで、書類は破棄され、設備も新しくなっている。

槙野がかばっているのは天天コーポレーションではなくトナカイ化粧品である。税金から逃れるためでなく、過去の決算書の不備を見つけられたくないのだ。恥だから。今はないトナカイ化粧品という会社のプライドを守るために。槙野には責任がないというのに、愛社精神というのはやっかいである。

「今のところは、何も見つかっていないですか?」

『ない――と思う。事務所には昔のものが残っていない。そこで調査官が諦めてくれればいいが、そうでなければ工場へ行き、それでも見つからなければ反面調査になる。槙野さんはそこまでしないと思っているんだろうが、やるかもしれない』

反面調査とは購入先、納品先に問い合わせをすることである。取引相手の手をわずらわせることになるし、印象は悪くなる。どの会社も、自分と関係なくても国税局は苦手だ。そこまでいくことは滅多にないと思うが、安心はできない。浦部は諦めない。疑うことは徹底して調べる。

「わかりました。心当たりがひとつあります。少しお待ちください」

沙名子は言った。

勇太郎は黙った。

『了解です。結果が出ても出なくても連絡をください』

数秒間をあけてから、勇太郎は答えた。それは何かと訊かれるかと思ったが、訊かなかった。

「はい」

沙名子は電話を切った。

「――何があったんですか」

受話器に手を置いたまま考えこんでいると、涼平が声をかけてきた。トナカイ化粧品に関することだからか、いたたまれないような表情をしている。

「そうですね。――岸さん、申し訳ないんだけど、山野内さんを呼んできてくれますか」

沙名子は言った。

「はい」

ただならぬ雰囲気を感じ取ったのだろう。涼平はすぐに席を立つ。

勇太郎には心当たりと言ったが、沙名子にも確信があるわけではない。

しかし亜希は、槙野が納品日の操作をしていたことを知っている。取引先も巻き込んで入出金日をずらし、協力してもらっていたのかもしれない。亜希に証言させるか、槙野を説得してもらうしかない。

トナカイ化粧品出身の亜希の言うことなら槙野は聞く耳を持つだろう。槙野は責任を自分で抱え込んでしまうが、亜希は周りを巻き込んで解決していくタイプである。

亜希にどう話せばいいかと考えて、結論はすぐに出た。一対一で、正直に現状を打ち明ければいいのだ。きれいごとは言わないし、脅したり泣いたり懐柔《かいじゅう》したりもしない。経理部員として危惧していることを告げ、知っていることを話してほしい、会社のために槙野を説得してくれと頼む。こちらが誠意をもって向き合えば、亜希は誠意をもって応《こた》えるはずだ。

「森若さん、今日はよく会いますね」

資料を見ながら質問事項をメモにまとめていると、亜希が現れた。うしろに涼平がいて、はらはらした表情で見守っている。

「――はい。実は、さきほど倉庫のほうから連絡があって」

「納品書の日付の件ですよね。そのことなら、わたしのほうから森若さんにご連絡しようと思っていたんです。お渡ししたいものがあります」

亜希は言った。

手に何か持っていると思ったら、車の鍵だった。意味がわからなくて沙名子は聞きかえす。

「お渡ししたいもの――というと」

「わたしがトナカイ化粧品にいたときに使っていたノートＰＣです。あちこちとのメールが入っているし、わたしが個人的に、工場からあがってくる時期とか、納品のスケジュールの表を作っていました。槇野さんとの当時のやりとりもあります。自宅に放りっぱなしにしていたんですけど、税務調査のお役に立つでしょうか」

亜希は車の鍵を握りしめ、沙名子をまっすぐに見て言った。


「――槇野さん、怒っているみたいなんですけど。どうしましょう」

車の運転席に座った亜希が、スマホから耳を放して言った。

亜希は会社を出る前に槇野にＬＩＮＥをした。返事がないと思ったら、駐車場に向かっているときに槇野から電話がかかってきたのである。さきほどから停《と》まった車の中で話している。亜希は電話では苦渋の決断のような口ぶりだったが、沙名子に対してはどこか楽しそうだ。

「調査官からの質問は拒否できませんと答えてください。質問検査権があるので」

沙名子は助手席でＬＩＮＥを打ちながら言った。沙名子は沙名子で、勇太郎とのやりとりに忙しい。

「質問検査権」

「言えばわかります」

槙野は工場で、亜希の近くに沙名子がいることに気づくだろう。沙名子は槙野に貸しがひとつある。これで諦めてくれることを祈る。

しばらく話してから亜希は電話を切り、ふうと息をついた。

「槙野さん、これから田倉さんと話すそうです。——昔の情報を隠したいなら、ノートPCくらい会社支給にすればいいのに。私物を使わせておいて、秘密にしろってのも勝手な言い分だわ」

ぶつぶつと文句を言いながらシートベルトを装着し、車のエンジンをかける。

槙野がすべての部門で経費削減をしていたのは事実のようだ。携帯電話すら私物で、通信費も出ていなかった。私物でなければ会社の管理にできただろうに。こういうことがあるから会社のものと私物は分けるべきなのである。

「田倉さんからもLINEが来ました。PCが見つかったらいじらないように、データは過去の作成日付のまま、上書きさせずに渡してくださいとのことです」

沙名子は言った。

勇太郎たちはいったん調査を中断し、これから昼食らしい。調査官とは別々に食べるので、そのときに過去の期ずれについて話すことになるだろう。美華が激高し、槙野が意固地になり、勇太郎が無口になり、真夕が全員をなだめる姿が目に浮かぶ。

トナカイ化粧品の時代の決算書の不備が見つかっても、課税がなければ天天コーポレーションにダメージはない。トナカイ化粧品の杜撰さがわかるだけだ。

「細かく見られたくないな。変なメールとか残っていたらどうしよう」

「確認したいのは発注日、製造日、納品日などのスケジュールです。確認して、必要なデータをコピーしたら返してもらえると思います。亜希さんが立ち会いたければ要請します。ヒアリングはなかなか気力を使いますけど」

「楽しみです。――じゃ行きますね」

亜希はなめらかに車を発進させた。

社用車が道路に出る。亜希の住所は千葉県なので、高速道路に乗るのかと思ったら違う方向の道へ行った。

「国税局としては、過去の決算書の不備がわかっても、追徴課税を取れないなら案外、すぐに終わりにするかもしれません。大丈夫ですよ」

赤信号で停まったタイミングで、沙名子は言った。

「大丈夫じゃないですよ。もっと大きな粉飾をしていると思ったのに、がっかりです」

「――がっかりですか」

沙名子は言った。

粉飾をしていなくてがっかりという意味がわからない。亜希は槙野と同様、トナカイ化粧品の名誉を守りたいのではないのか。

「山野内さん、どうして急に、納品日の情報を教えてくれる気になったんですか」

沙名子は尋ねた。

信号が青になった。亜希はハンドルを切り、スピードの出ない社用車のアクセルを踏み込む。沙名子は亜希に目をやる。亜希はどこかせいせいしたように、前を見つめている。

「――わたしね、恨んでいるんですよ」

亜希は大通りから裏道に入った。慣れた様子で進みながら言う。

「何をですか」

「元社長――大悟さんです。決まってるでしょ」

亜希は唇だけで、かすかに笑った。

沙名子は四階で会った大悟を思い出す。ふたりは大悟さんと亜希ちゃんと呼び合っていた。大悟は逃げようとし、亜希は逃すまいとして必死になっていた。

「トナカイ化粧品の負債を、大悟さんの私財で払うことになったらいいのにと思ってました。あの人も一回くらい痛い目を見ればいいんですよ」

「山野内さん、戸仲井大悟社長にペナルティーを負わせたいんですか」

「そりゃそうでしょう。彼が、わたしたちの会社をつぶしたんだから」

　亜希は答えた。

　わたしたちの会社をつぶした。その言葉に沙名子は圧倒される。合併に伴う煩雑《はんざつ》な作業はたくさんしてきたが、合併された側の社員の気持ちについて考えたことがあっただろうかと思う。

「合併が決まったのは突然でしたから、みんな不安でしたよ。わたしも工場で石鹼を作りました。辞める人も多かったし、事業部の銭湯業務にまわされた人もいます。年配の人は辞めるに辞められないから、今も単身赴任で静岡工場で働いています。

　人事だけは保証してくれって頼んだけど、社長は動いてくれませんでした。結局、槙野さんが天天コーポレーションの人事課と掛け合って、エントリーシート制にしてもらったんです。わたしも総務部長と営業部長に直接メールを送りました。営業部で実績を上げたいのも、もとトナカイ化粧品の社員だからといって軽く見られたくないからです。

　それなのに大悟さんは、自分だけちゃっかり天天コーポレーションの非常勤の役員におさまって、トナカイ化粧品が残るかどうかだけ気にして、元社員のことは放りっぱなし。こんなのってありますか」

亜希は怒っていた。口調は朗《ほが》らかだが、激しさは隠しきれない。

「元社長はなんでも結果的にはうまくいく、もっている人だって仰《おつしや》っていましたが」

「それは事実です。運が強いんです。だから余計に腹が立つんですよ。――わたしが東北の販路を拓《ひら》いた話、したことがありますよね」

沙名子は少し前に亜希と話したことを思い出した。あれも車の運転席と助手席だった。車に乗ると、相手の顔を見なくていい分、話しやすくなるようだ。

「はい。山野内さんがせっかく東北の販路を作ったのに、社長が熱心でなかったって」

「そうです。出張費も出ないのに頑張りました。トナカイは北国のイメージだし、うまくキャンペーンを張れば成功したはずです。今でもそう思っていますよ。槙野さんは迷っていたけど、決まったら全力でやってくれたでしょう。でも大悟さんは突っぱねたんですよ。そんなお金がないからって」

「人件費を減らせない――って話じゃなかったんですか」

「人件費」

亜希はうすく笑った。

「大悟さんの言う人件費って、社長報酬なんですよ。自分が使えるお金なの。わたし、彼と一緒にキャバクラ行ったことあるんですよ。社用車のメルセデスで、池脇さんを運転手にしてね。仕事の話は何もしなかったのに、トナカイ化粧品でって領収書切ってるの。ショックでした。そのお金、どうしてわたしの出張費にしてくれないのって思いました」

亜希は注意深くハンドルを切り、一方通行の道路に入った。

「わたしたちだって、税務調査で過去をほじくり返されるのは嫌ですよ。特に槙野さんはそうだと思います。でも大悟さんは何を相談しても、もう終わった会社だから、自分はわからないから、亜希ちゃんと槙野に任せたって。いいかげんにしろって思いますよ。

わたしは槙野さんみたいなお人好《よ》しじゃないので、こうなったら過去の不正をバラしてやろうと思ったけど、経理のことなんてまったくわからないでしょ。どうしたらいいだろうって考えていたら、森若さんが私的なメモでも証拠になるって言ったので。そういえば古いノートPCが家にあったなって思い出したんです」

「――そういうことですか」

沙名子はつぶやいた。

亜希の声は静かだが凄《すご》みがあった。味方なら頼りになるが、敵にはしたくない。

車は住宅地に入る。普段着の住民がゆっくりと歩いている。スピードを緩め、道を渡る住民のために停まる。子どもと母親が頭を下げると、亜希はにこりと笑った。

「過去の不正がわかったら、大悟さんの責任は問われますか？　役員をおろされるとか、報酬を下げられるとか」

「わたしにはわかりません。契約書によります。期間が終了したあとで、役員を継続するかどうかの参考材料にはなるでしょう」

沙名子は答えた。

戸仲井大悟が数年後に執行役員を続けていられるかどうかは怪しい。名目上は営業部の担当役員だが、吉村部長が権力を渡さないのである。格馬は合併相手の元社長として大悟に楔《くさび》を打ち込んでほしいのだろうが、吉村部長のほうが上手だし、本人にやる気がないのではどうしようもない。

亜希はカーナビをつけずに運転していた。大きなコンビニエンスストアの駐車場に入っていく。出入り口の横に、背の高い男性が紙袋を持って立っているのが見える。

亜希が車を停めると、彼は軽く手をあげた。


車を降りると、亜希はまっすぐに男性へ向かって歩いていった。

「友達です。今日は休みだったから持ってきてもらったの」

亜希は男性の隣に立ち、沙名子に向かって紹介した。

遠目で見た以上に長身の男性だった。百八十——百九十センチメートル以上あるかもしれない。女性としては背の高い亜希が小さく見える。

「ていうか婚約者です。いちおう同棲《どうせい》しています」

男性が言った。

「ちょ、ダメだって。森若さん、経理部なんだから」

初めて亜希の焦った声を聞いた。沙名子は思わず笑った。

チェックの紙袋に銀色のノートＰＣが入っていることを確認し、受け取って車に戻る。

車が大きな道路に出たところで、沙名子は言った。

「山野内さんの交通費は千葉県の住所からの分が出ていると思います。もしもこの辺りに住んでいるのなら、申請し直してください」

「千葉県は実家です。こっちのほうが会社から近いので、残業や出張が多くなると寝泊まりしちゃうってだけです」

亜希はやや言い訳がましくなった。

「もうすぐ結婚するので、まとめて申請しますから見逃してください。結婚て、お互いの仕事が落ち着くのを待ってたら、どんどん延びちゃうんですよ」

「――そうなんですか。おめでとうございます」

「つきあい長いんで、別におめでたくもないんです。涼平くんは知ってるけど、ほかの人には言わないでください。籍入れるだけだし、大げさにしたくないので。特に鎌本さんには知られたくないです」

結婚するのが当たり前のことで、別にめでたくないと言える関係はいいなと思った。

平日休みの日に、婚約者のために埃っぽいPCを探し出し、コンビニエンスストアまで持ってきてくれる。きっと優しい男性なのだろう。住んでいないのならなぜ古いPCがこちらの家にあるのか不思議だが、つっこまないでおく。

「わかりました」

沙名子はうなずき、紙袋の取っ手を握りしめた。


勇太郎と美華と真夕は、夕方に経理室に戻ってきた。

三人ともさすがに疲れている。美華はイライラし、勇太郎は不機嫌そうに黙り込んでいる。黒のスーツ姿の真夕が、のろのろとインスタントコーヒーを作り始める。

「槙野さんは？」

沙名子は尋ねた。

「静岡工場に帰りました。これから残業だって。タフですよね」

真夕が言うと、コーヒーのペーパードリップを用意していた美華が口を挟んだ。

「わたしとしては本社に来るべきだと思いますよ。詳しい事情を聞かなければなりません。追徴金がないならいいってものじゃないです。トナカイ化粧品、天天コーポレーションという会社への信用に関わるっていうのに」

「仕事があるんだから仕方ないですよ」

やや投げやりに真夕が答えた。今日の苦労が見えるようだ。ここに槙野と、一筋縄ではいかない調査官たちが加わるわけである。

「大変だった？」

真夕はいつもよりも牛乳と砂糖を多めにしたカフェオレを作っている。沙名子が小さい声で尋ねると、マグカップを片手に、深くうなずいた。

「そりゃもう。浦部さんたちは厳しいし、勇さんと槙野さんは喧嘩《けんか》してるし、美華さんは怒ってるし、会話の意味が半分もわからない。森若さん、話聞いてくれません？　ストレスでハゲそう」

「わかった、金曜でいいかな。仕事が終わったあとでごはん食べましょう」

沙名子は言った。こういうときは早めにガス抜きをするに限る。今回ばかりは希梨香に相手をさせるわけにもいかない。沙名子もいささか愚痴を吐きたい気分である。

「本当ですか。やった」

真夕は顔を輝かせた。

「今日の反省会ですか？　でしたらわたしも参加します」

ドリッパーにお湯を注いでいた美華が割り込んできた。

「ええー……」

「なんですか。わたしが一緒なら不満でも？」

「いえ……。そうか、よく考えたら一番大変なのって美華さんでしたね。わかりました。税務調査は長引きそうだし、この際、三人でここまでの棚卸《おろ》しをしましょう。個室の居酒屋とっときます」

真夕はすぐに切り替えた。

近くにいる涼平と勇太郎、部長席の新発田部長までがちらちらとこちらを見ている。彼らもストレスがたまっている。まさかと思うが参加したいのか。冗談ではない。ただの部内会議になってしまう。

美華のコーヒーからいい香りが漂ってきていた。沙名子は男性陣の視線に気づかなかったふりをしてファイルを開き、仕事に戻った。

第三話

確認するまでもありません！

「――太陽《たいよう》さん、来週、休みもらっていいっすか」

大盛りの天ぷらうどんが半分くらいになったタイミングで、光星《こうせい》が言い出した。

太陽と光星は取引先への納入を終え、遅いランチを食べているところである。光星がカレーうどんを食べたいと言うので郊外のうどん店に行った。光星はネクタイを肩に投げ、ワイシャツにカレーがつかないように、ていねいにうどんを拾っている。

「急だな」

「ダメならいいですけど。どこかでウエディングフェアやるらしいんですよ。栞《しおり》ちゃんが行きたがってるから、平日に休み取ったろかなと」

光星は太陽を見ずに言い、レンゲでカレーうどんのスープをすくいあげた。

栞ちゃんというのは光星の婚約者である。最近になって結婚前提で交際を始めた。主導権を握られているが、光星は文句を言うこともなく従っている。おかげで急な休みが多くなる。

光星は入社四年目、太陽にとっては学年で三年違いということになる。大阪営業所の地元採用だったので、大阪に来るまでほとんど面識はなかった。すぐに仕事をさぼりたがるが、やるときはやる。気さくでやりやすい後輩である。

「ウエディングフェアって何するの」

「フランス料理が無料で食べられるらしいです。そういうの今しか行けないでしょ。あと映画行こうかなって。観《み》たいのがあるんやって」

「光星くん、休日つぶして彼女と映画観たくないって言ってなかった？」

「そうなんですけど、たまにはね」

「なるほどねえ……」

人は変わるものである。太陽はなんとなく感心しながら海老《えび》の天ぷらをかじる。

「あ、仕事あるならいいですよ」

「いや、調整するわ。代わりに年末に休みもらうから」

太陽は言った。

最後に沙名子《さなこ》に会ってから半月以上経《た》つ。休日に太陽が無理やり会いに行った。沙名子の三十歳の誕生日だったというのもあるが、無性に会いたくなったのである。

心配なような恋しいような妙な気分は今も続いているが、当分、会おうとは言えない。税務調査が思いがけず長引いているのである。最初は数日、長くても一週間もあれば終わると聞いていたのに、半月経っても終わる気配がない。沙名子は長丁場を覚悟しているようで、最近は電話をしても気もそぞろである。

うちの会社大丈夫なの？　と訊《き》くと、それは大丈夫と返ってくる。それは大丈夫なら、何が大丈夫ではないのか。訊いても答えてくれないだろうし、太陽には理解できないだろう。

沙名子はルーティンを好み、イレギュラーを嫌う。こういう状態は初めてではない。守秘義務があるということはわかっているが、今回ばかりは拗《す》ねたくもなる。

「太陽さんは彼女さんと映画観たりしないんですか」

出汁《だし》のきいたうどんの汁をすすっていると、カレーうどんを食べ終わった光星が尋ねた。

「映画だけはない。誘っても断られる」

「へー。嫌いなんですか」

「好きだからひとりで観たいんだって。向こうが見終わったやつを家で一緒に観ることはある。下手《へた》に感想を言うと鋭いつっこみが入る。謎のこだわりがあるんだよなあ。映画に限ったことじゃないけど。そういうの俺は入れてもらえない」

「なんだか大変そうっすね」

「楽っちゃ楽だけどね。メール二行だし。往復一回で終わるし」

「俺、この間、琹ちゃんと二時間LINE《ラ イ ン》しましたよ」

そもそも沙名子はLINEもSNSもしていない。

そのあたりを光星に愚痴《ぐち》ろうかなと思ったが、光星は沙名子を知っているのでやめた。

ただでさえ、本社経理部の森若《もりわか》さんは怖いと評判なのである。

映画に行かなかろうがメールが了解ですの四文字だろうが、沙名子は太陽を好きである。さもなければ、沙名子のような人間が二年も人とつきあおうとは思うまい。怖そうに見えるが怖くない。あれで、ときどき甘えてくるのが可愛《かわい》い。

――と、思ってきたのだが。

「まだ時間ありますね。どこかでコーヒー飲んでいきますか」

「おう。生クリームが山になったやつ飲むわ」

「それがねー。俺、ダイエット命令出てるんですよ。結婚までに筋トレして絞れって。太陽さんとパフェとか食べてんの、バレたんですかね」

「筋トレかあ。俺もやろうかな。そろそろ考えないと腹がやばい」

どうでもいい話をしながら太陽はうどん店を出て、天天《てんてん》コーポレーションの社用車に乗った。行きは光星が運転したので、帰りは太陽の番である。

助手席に入るなりスマホを見始めた光星に目をやりながら、結婚か――と太陽は思う。

沙名子と結婚したら、当たり前だが沙名子が妻になるわけである。

それがどういうことなのか、太陽には現実的な想像ができない。沙名子は家計簿を本格的につけそうと思うくらいだ。

プロポーズした気持ちに嘘《うそ》はない。しかしいまひとつ、ぴんと来ない。

返事がないということは、承諾もされない代わり拒否もされていない。つまりスルーされている。電話でたまに雑談する分、プロポーズしたほうとしては宙ぶらりんで、放っておかれている気分になる。

かといって沙名子を問い詰めるわけにもいかない。沙名子はあれでシングルタスクで、ふたつのことを同時にできない。今、集中力を乱したら天天コーポレーションの未来に関わる。

言ったのが寝入りばなだったので、聞いていないということも考えられる。だとしたらふたたびやるべきなのか。いっそなかったことにして、今の状態を続けたほうが楽なのではないか。

なぜあのタイミングでプロポーズしたのかと、いささか太陽は後悔している。

太陽は車を発進させる。大阪の社用車は東京と同じ軽自動車だが、少しは走る。

光星は車が好きで、当たり前のように栞の運転手をしている。太陽も沙名子と車でどこかへ行くのは好きだ。この違いはなんなのか。だんだん、栞を妻とすることに何の迷いもない光星が憎らしく思えてくる。

ねーちゃん、今年の年末どうするの

竜真《たつま》から連絡が来たのは、『彼が二度愛したＳ』のクライマックスを観ているときだった。最近は金融ものばかり観てしまう。こういうときは何をやっていても会計士側の味方をしたくなって困る。会計士がネクタイとスーツを着て眼鏡までかけていればなおさらである。

税務調査が始まってから半月、やっと調子が戻ってきたところである。

金曜に真夕《まゆ》と美華《みか》と三人で食事をして、真夕のストレスを発散させてやるつもりが、なぜか愚痴を聞いてもらった。少し飲み過ぎたが気持ちはすっきりした。今日は土曜日、家でゆっくり過ごすと決めている。

休日まで観るのを我慢していた映画の途中で邪魔をする。弟とはこういう生き物である。社会人になっても変わらない。邪魔すんなと言ってやりたいが、それはそれでオロオロしたりニヤニヤしたりするのでうっとうしい。

映画が終わるのを待ち、沙名子は竜真に、とりあえず一回くらい帰ると返事をした。

クリスマスは？

多分帰らないと思う。

まぐろが寂しがってるんだけど

弟の最後のメールには、愛猫のまぐろがこちらを見上げる姿が添付されていた。体はでっぷりと丸いのに、表情だけ可憐《かれん》だ。子猫のときから変わっていない、あざとい猫である。

竜真はいいが、まぐろが寂しいのでは仕方がない。近いうちに寄ると返事をして、沙名子はスマホをテーブルに置き、お茶の準備にかかる。

流しのそばに生花が一本、飾ってあった。昨日の帰りに閉店間際の駅ビルを歩いていたら、生花店で売れ残りの花を安売りしていたのだ。ピンク色の薔薇《ばら》を一本買い、花瓶《かびん》に挿した。薔薇は低温でないとしおれるのでキッチンに飾った。

来週いっぱいもたないだろうが、少し優しい気持ちになる。花を買い、映画を楽しむことができる自分に安心する。

ていねいにローズマリーティーを淹《い》れて、部屋に戻る。新しい映画を物色する前に、ふとスマホに目をやる。

……太陽から連絡はない。

最後の連絡は昨日の夜である。寝る前に太陽からメールがあった。税務調査終わった？と訊かれたので、まだ終わる予定はない、先が読めないと答えた。

太陽は税務調査が進行中なのも、沙名子が経理部の担当窓口なのもわかっている。スケジュールを訊かれたのはこれが初めてではない。どうやら終わるのを待っている——と思う。

そう、自分で思いたいだけなのか？

沙名子は何度目かの自問をしている。

ここはきちんと訊いておくべきではないか。税務調査は大変だがピークは過ぎたし、たかが仕事である。太陽と話すことのほうが大事だ。

仕事の代わりはあるが、太陽の代わりはいない。会社は失敗したら辞めればいいが、人生はやめるわけにはいかない。

そう頭では思うのだが、どうにも逃げたい。スタートボタンを押したくない。

あのプロポーズは本気なのかと確認し、本気だと言われたら答えなくてはならない。

ありがとう、お受けします、一緒に幸せになりましょう——と。そう答える、ということとだ。

どう考えてもそうなる。否定する材料がない。むしろあればと思うのだが。

太陽は二十九歳――ひとつ年下で、性格が良くて、健康で、仕事もできる。実家は神奈川県で、両親は会社員で、親族全員に愛されて育ったひとりっ子。天天コーポレーションは働きやすい会社だし、生活はなんとかなる。給与額と財形貯蓄額も知りたくないが知っている。ルックスも悪くない――多分、いいほうだと思う。交際して二年近く経つが、喧《けん》嘩《か》らしい喧嘩をしたことがない。どうやら相性がいいらしい。驚くべきことに。

おそらく婚活市場に出たら――出なくても――太陽はいい男である。

何より沙名子が、彼と別れたくない。あのうっとうしいほど明るく騒々しい男を、認めたくないが愛している。彼以外の男は好きではないし、この先好きになれる自信もない。

デメリットがあるとしたら太陽ではなく、結婚そのものに対する不都合ということになる。

人生において、個人戦から団体戦へ移行するということ。

結婚する以上受け入れなくてはならないことである。相手が誰だろうと関係がない。美《み》月《つき》も由香利《ゆかり》も沙名子の両親も、あちこちの夫婦、家族というものはみな、当然のように団体戦を受け入れている。

沙名子は昔から、チーム競技より個人競技のほうが得意だった。

結婚か――……。

沙名子はキッチンの薔薇に目をやる。酔っているときに生けても怪我《けが》をすることはなかった。本当は棘《とげ》があるのに、売るときは抜くのだ。それとも実はもっと細かい棘があって、傷ついているのに気づいていないだけか。咲く花の美しさに比べたらかすり傷で、耐える必要すらないものなのか。

結婚すると決めたら、結婚へ向けて動かなくてはならなくなる。頭の中で、新しいタスク表を別のページで作ることになるだろう。仕事とプライベートのほかにもう一ページ。新しいタスクについて決断して行動し、済マークを入れ、オールクリアを目指す。

おっくうな反面、ほっとしたような気持ちがあるのはおかしなことである。

結婚したら太陽が自分のものになる、去っていくことに怯《おび》えなくていい。

結婚について太陽に訊いたとして、一番怖い答えはあれが本気でなかった、沙名子の錯覚だった場合である。太陽に、寝てると思ったから口に出してみただけだと言われたらどうする。こんな辛いことがあろうか。だから確認したくないのである。

沙名子は薔薇とスマホから目をそらし、配信のドラマを物色する。初恋の男、オビ＝ワン・ケノービの若かりしころの姿を再生してみる。愛情などという邪悪なものに惑わされない、清純な男。

こういうときは男だったらよかったのにと思う。強い何かに愛されること、かれの一部になることを望んでしまう自分がうとましい。


「おはようございます、美華さん」

「おはようございます。——森若さん、新しい質問依頼が来ていますよ」

沙名子が席につくと、隣の席の美華が声をかけてきた。

就業時間前である。美華はテイクアウトのコーヒーを飲みながら経済誌を読んでいる。真夕は郵便物の仕分けをし、ポットを抱えた涼平《りょうへい》が室内に入ってくる。

「わかりました」

沙名子はマグカップに紅茶を作り、デスクの前に座った。共有フォルダに入り、質問依頼表をクリックする。

税務調査は進んでいるが、最初に比べたら行が増えるペースが遅くなった。一日に十行増えた日には頭を抱えたものだが。一行ずつ着実に対処をして、済の文字がついていくのは慣れると気持ちいいと言えなくもない。

フォルダのエクセルシートには、そっけなく一行が加えられていた。

昨年度までの銭湯事業（パラダイスバスカフェ）における交際費の是非について

——パラカフェか……。

沙名子はＰＣのモニターを見つめ、消した記憶を掘り起こす。

パラダイスバスカフェ——通称パラカフェは、天天コーポレーション直営の大きなスーパー銭湯だ。

新作の入浴剤や石鹼《せっけん》のお披露目をし、評判を確かめる場所でもある。もともとは営業部が主体だったが、今年の春に専任の新たな部署、事業部を立ち上げるほどには成功した。

事業部の母体は、もうひとつの合併した企業『篠崎《しのざき》温泉ブルースパ』だ。スーパー銭湯の店舗を三店持ち、その店ともども天天コーポレーションに吸収されている。餅《もち》は餅屋というやつで、パラカフェの売り上げは堅調である。おそらく格馬《かくま》社長は、ブルースパを合併した時点で、いずれパラカフェの経営を任せることを考えていたのだろう。

ブルースパは営利目的というよりも、社長が家族、親族を養うために興《おこ》した会社だった。会計部門を外部の会計事務所にほぼ丸投げしていたのが幸いして、資料は綺麗《きれい》にそろっている。福利厚生と人件費——非正規社員を含む従業員の給料がやや高いことを除けば、ごまかす要素がなくて潔《いさぎよ》い。勇太郎《ゆうたろう》が、綺麗な決算書だと感心していたくらいである。

昨年度以前のパラカフェといえば、営業部の時代のことになる。立案から軌道《きどう》に乗るまでに数年かかっている。

営業部のメイン担当は大阪へ異動になった山田《やまだ》太陽。そしてサブの鎌本義和《かまもとよしかず》である。

「森若さん、パラカフェの交際費って、何か怪しいのありました？」

真夕が声をかけてきた。

真夕も共有フォルダの質問依頼表については常にチェックをしている。

「怪しいのはたくさんあったと思う。吉村《よしむら》部長の肝《きも》入りだったからね。けっこう厳密に弾いた覚えがあります」

「あたし、あのときは新人だったからわからなくて、よく見ないで通しちゃったかも。それだったらどうしよう」

「少額の会議費くらいなら問題にならないし、真夕ちゃんに責任はないよ。交際費に関しては前もって社員に自己申告してもらって、間違っていたところは訂正してあります」

「パラカフェの担当者は山田太陽さんでしたよね。ヒアリングが必要になったら、大阪から来てもらうんですか」

「――そうかもしれないですね」

答えるのが一拍遅れた。

引き出しからファイルを出してデータと照らし合わせる。原本は会議室へ行っているので、大まかなものしかない。もう終わったものと思っていたので記憶が曖昧《あいまい》である。

パラカフェは新しいプロジェクトなので、交際費、会議費が多い。企画立案は吉村部長だが、吉村部長はもともと接待が好きなのである。ときどき、突出しているものがある。スタッフと営業部員、全員の会議、五十人で約二十万円。もしかしたら、会議費で落とすために人数を水増ししたか。このあたりをつつかれそうではある。

資料とデータを見比べながらメモを取っていると、勇太郎が経理室に入ってきた。

「勇さん、いいですか」

沙名子はファイルとメモを持って、勇太郎に声をかけた。

「――ああ」

勇太郎が先へ立って打ち合わせスペースへ行く。最近はこういう場所で勇太郎と話すことが多い。沙名子だけでなく、美華や新発田《しばた》部長もしょっちゅう勇太郎と話している。

「パラカフェの交際費について何か？」

勇太郎も当然ながら質問依頼表は見ている。

沙名子はうなずき、ファイルの一部を示した。

「細かいことですが、営業部の担当者がこの時期、特定の取引先と、頻繁《ひんぱん》に交際費を使っているんです。当時も少し懸案になったのですが、わたしが問題ないと判断しました。大丈夫だと思いますが、いちおうご報告を」

「特定の取引先とは？」

「建築士でインテリアデザイナーの曽根崎《そねざき》メリーさんです。担当者は営業部の山田太陽さん。今は大阪営業所にいます。打ち合わせで何回か食事をしているのと、休日にテーマパークにも行っています」

「テーマパーク」

勇太郎はつぶやいた。

「当時に確認しましたが、仕事です。客層の確認と、建築物のアイデアを得るため。実際、パラカフェの外装とインテリアにも役立っています」

勇太郎がよからぬ想像をする前に、沙名子は急いで言った。

曽根崎メリーについては勇太郎も知っているはずである。パラカフェのコンセプトはモダンなスーパー銭湯で、ターゲットは若い女性だった。だから若い女性に人気の建築士兼インテリアデザイナー、曽根崎メリーを抜擢《ばってき》したのだ。企画は成功した。メリーの顔写真は、パラカフェのサイトやパンフレットにも載っている。

「では何か問題が？」

「その打ち合わせに、曽根崎さんの小学生の息子さんが同行しているんです。曽根崎さんはシングルマザーなので、お子さんの同行を許すことで、曽根崎さんの信頼を得たとも言えます。お子さんのテーマパークの入園料や食事代などは経費に含まれていません」

太陽からいろいろ聞いているので、思わず熱弁を振るってしまった。

勇太郎はかすかに眉をひそめた。

「そのことは備考欄に書いた？」

「書いてなかったと思います。言わなければわからないことです。どうしましょうか」

「事実なら隠さないでいいです。問題ではないと森若さんが判断したんでしょう。不適切だという指摘があれば修正すればいいので。——念のためもう一度、山田さんに確認してください。疑っているわけではないけど、違うなら違うで、正直に言ってくれれば咎《とが》めないので」

違うというのは、山田太陽が、美人のシングルマザーとその子どもと、経費で遊びほうけていたとしても、という意味だろう。状況を見ればそう思われかねない。沙名子も当時はそう思った。

「わかりました」

「担当者は山田さんだけですか。ほかには？」

「鎌本さんですけど、曽根崎さんとの打ち合わせはほぼ山田さんです。気に入られていたとかで。鎌本さんは、詳細はご存じないと思います」

「そうですか。それなら営業部と連絡を取ってください。必要なら大阪から山田さんを呼ぶことになるでしょう」

「はい」

沙名子はうなずいた。

これから太陽と白々しい電話をしなくてはならない。誰も注目していないのに恥ずかしい。なぜこんな目に遭わなくてはならないのだと勇太郎を恨みたくなる。


電話が鳴ったのは、太陽が大阪営業所のデスクで営業報告を書いているときだった。

デスクワークは得意ではないが苦手でもない。だいたい太陽は特に苦手なものがない。ギリギリになるまでやらないのは悪い癖だと沙名子に言われるが、ギリギリになっても最終的に間に合う俺ってすごいと自分では思っている。

充電中のスマホを見て、森若沙名子という文字を見たときは驚いた。一瞬のちに社用スマホのほうだとわかったが、それにしても仕事中にかけてくることはまずない。

「はい、山田太陽です」

『経理部の森若です。山田さんの東京本社勤務中の担当業務につきまして、お尋ねしたいことがあってお電話を差し上げました。今、大丈夫ですか』

沙名子はてきぱきと言った。

完全に仕事モードである。これは仕事だから！　プライベートな気持ちは一ミリたりともないから、わかってるよね！　と裏の声が聞こえる。

「はい、なんでしょうか」

がっかりしたようなほっとしたような、妙な気分を抑えて太陽は尋ねた。

『パラダイスバスカフェの立ち上げから開店までの交際費についてです。いくつか、確認させていただきたいのですが』

沙名子は言った。

パラカフェは太陽が初めてメイン担当になった事業である。ゼロから何かを立ち上げるというのは面白い仕事で、沙名子とも雑談でよく話した。芸術家肌の建築家、曽根崎メリーとの関わりについても知っている。今さら何をと思うが、いちおう形式として確認は必要だろう。

『わかりました。では問題はない——率直に申しまして、遊んでいたわけではない、ということでよろしいですね。咎めませんので、正直にお願いします」

太陽がいくつかの質問に答えると、沙名子は最後に念押しをした。

「はい。テーマパークでも打ち合わせをしましたし。裕也《ゆうや》くんが一緒なのはまずかったかなと思いますけど、あのときはそれ以外どうしようもなくて。これ、ダメですかね？　なんか指摘きたりしますか」

『それは向こうが判断することです。修正が入ったらこちらでしますので、山田さんにお手間をかけさせることはないです。できれば本社でヒアリングをお願いします。今週中に、東京で二時間ほどの予定が取れる日はありますか』

「——ヒアリングっすか」

『調査官の質疑応答です。山田さんの予定が立たなければ鎌本さんにお願いしようと思います』

「あー鎌本さんは細かいことはわからないと思います。俺がやります。——っていうと、日帰り出張ってことになりますね」

『そうですね』

沈黙が落ちた。

太陽が沙名子と最後に会ってから三週間が経つ。

税務調査が始まる寸前の週末。ふたりで寿司《すし》とケーキを食べ、ホテルの大きなテレビで『トレインスポッティング』を観た。――なぜここでこの映画なのかと疑問だったが、太陽に主導権はないので任せておくしかなかった。

あのとき太陽は沙名子にプロポーズをした。成り行きだったが衝動を抑えられなかったのだ。沙名子はぐったりしていたので、返事を聞かないまま休ませることに専念した。

今回、東京へ出張をするなら、あのとき以降に初めて会うということになる。

電話やメールで話した限り、沙名子は調子を取り戻している。税務調査の最初の数日は落ち込んだり考え込んだりしていたが、今はそんなこともない。

「じゃ、予定見てみます。それなら次の日有休取って、泊まりにしたいです」

沙名子が何も言わないので、太陽はとりあえず口に出した。

「出張費は日帰り分しか出ません」

「それはいいです。俺、東京で大事な用事があるんですよ。――確認したいことっていうか。つまり、返事を聞きたいんです。もちろん余裕があったらですけど」

もう一度、沈黙が落ちた。

あーいちおうプロポーズされたことは認識しているんだなと太陽は思う。いつもの沙名子である。仕事の判断は早いが、いきなりの出来事に弱い。迷うと固まってしまう。

『それは決定ですか』

しばらく時間をおいたのち、沙名子は言った。おそろしく静かな声である。

「はい、できれば。休みは取れるかどうかわからないですけど、日帰りでも夜はそっちで食べたいんで、ヒアリングは夕方くらいからにしてもらえるとありがたいです。あ、税務調査って、やっぱり忙しいですか。残業あったりします？」

『いいえ。原則、定時で終わります。超えることはほぼありません』

「そうですか。よかったです」

『日程が決まったらご連絡ください。メールでいいので』

「了解です」

沙名子は電話を切った。いつもながらのそっけなさだ。

スマホをふたたび充電器につなぐ。

これはＯＫということなのか。

沙名子のこういう感じは初めてではない。手応《てごた》えは悪くないと思う。

ヒアリングは面倒だが、沙名子に早く会いたいと思った。忙しそうなら返事を聞くのは後回しということになるが、結婚はすぐという話ではないのだし、この際、してもしなくてもいい。プロポーズしたときの衝動がなんだったのか、自分でもわからないのである。

「太陽さん、何ニヤニヤしてるんですか」

気持ちを新しくしてＰＣに向かっていたら、光星に声をかけられた。

「いや、ついに俺に税務調査の話が来ちゃってさ。本社に出張して話さなきゃならないらしい。今週、大丈夫な日あるかな」

「ほんまですか。ヤバいな、このところ忙しいですよ。大口の納品あります」

「それ別の日にまとめて、午後東京行って、次の日に休み取りたいんだよな。なんとかならない？　ほかの日に残業とか休日出勤になってもいいから」

「しゃーないな。なんとかしましょう。有休ってのは気合いで取らんとな」

文句を言わないのが光星のいいところである。太陽はスマホのカレンダーアプリを表示させ、光星と額《ひたい》をあわせてスケジュール調整にかかった。


沙名子はデスクでスマホの通話アプリを切った。

ずっと座っていたのに息が上がっている。これだから嫌だったのだと思うほど考えていたわけではないが、引導を渡されたような気がするのはなぜだ。仕事中なので表だって何かを言うわけにもいかない。

数日以内に太陽が来る。そのときに返事を聞きたいとはっきりと言われてしまった。

スタートボタンはそこにある。あとはタップするだけである。そうしたら嫌でも新しいページが開く。

「パラカフェの件、やっぱり山田太陽——いや太陽さんが来るんですか」

落ち着けと自分に言い聞かせていると、真夕が声をかけてきた。仕事が一段落したらしく、マグカップのコーヒーを飲んでいる。

「多分ね」

「気をつけたほうがいいですよ。太陽さん、放っておくとずっと喋《しゃべ》ってるから、余計なことを言わないようにって釘《くぎ》さしとかないと。鎌本さんよりはマシだけど」

「そうね、言っておく。——銀行に記帳に行ってきますね」

沙名子は入出金予定もないのに通帳を持ち、席を立つ。

頭を冷やさなければならない。真夕ではないが帰りにコーヒーを買おう。

太陽が何を言うにしても、ヒアリングを終えたあとのことである。

まだボタンは押されていない。今は心を乱してはならないと自分に言い聞かせる。

太陽のアポイントは二日後の夕方、十六時二十分だった。だいたい一時間前後、長くても二時間くらいで終わる予定である。

「――この打ち合わせ会議なんですが、山田さんと鎌本さん、パラダイスバスカフェの店長の小針《こばり》さん、アルバイトのリーダーの八代《やしろ》さん、この四人で間違いないですか」

ヒアリングの相手は水田《みずた》である。一番若く、慣れていない風の女性だ。副リーダーの浦《うら》部《べ》は水田の横にいる。今日はオブザーバーらしい。

ふたりの向かいには太陽、左右に鎌本と沙名子が座る形である。杉原《すぎはら》は少し離れたところで、ぶつぶつと何かをつぶやきながらデスクトップPCへ向かっている。税務調査官はこの三人のメンバーで固定である。峰岸《みねぎし》はめったに顔を見せない。

「間違いないです。何の会議だったかな。この時期、決めることがたくさんあって、毎日のように会議をしていたんですよ」

太陽とは昨日の夜、リモートで簡単に話した。

自分からは余計な情報を与えるな。聞かれたことだけに答えろと言っておいたのだが、太陽にそんなことができるわけがない。気づくと内部事情を話していそうではらはらする。

昨日は結婚の話をしなかった。そう簡単にモードは変わらない。太陽もどう切り出したらいいか迷っているようだった。

「鎌本さんも、そうですか」

「そうですね」

太陽に比べると鎌本はベテランである。聞かれるたびに数言ずつ答えるだけだ。

水田が示している領収書は四人参加して六千円程度のものだった。おそらく場所はパラカフェの近くの喫茶店だ。コーヒーだけではないと思うが、調査が入るには額が低い。何の意図があるのかわからず、沙名子は注意深く領収書を見る。

「だったらこれは？　別の会議費です。同じ日なんですが」

水田がもう一枚の領収書を出した。

「これは、えーと、新橋《しんばし》ですよね。このお店、覚えがあるな。てことは打ち合わせのあとで、誰かに飲みにつれていってもらったんじゃないでしょうか」

「飲みにではないです。吉村部長と営業部員が同席しているので社内会議です」

沙名子は口を挟んだ。太陽はあーそうですねと言って笑う。こんなときに愛想をふりまかなくていいと言いたくなる。

「実は、新宿《しんじゅく》もあるんです。ここも額が大きいので、お酒が出たのかな。あともう二枚」

水田は少し申し訳なさそうに、五枚の領収書を長机に並べた。

「えーと……つまり？」

太陽が目をぱちくりさせる。

水田は思い切ったように口を開いた。

「つまり山田さんはこの日に五回、打ち合わせに行ったことになるんです。三回はパラダイスバスカフェの会議費、一枚は別の事業の会議費、もう一枚は接待交際費として処理されています。領収書の時間からして夕方から深夜ですが、一日に五回の会議というのはさすがに無理なのではないかと思いまして。日報には書いていないんですよね。本当に会議に参加していたのでしょうか」

鎌本がわざとらしく目に手を当てる。

沙名子も同じ気分である。伝票を受け付けたのが全部自分なら気づいたと思うが、だいたいこういうことをするやつは、日付や経理部員を変えて提出してくる。

ひとりにつき五千円以内なら会議費、五千円以上なら交際費になる。交際費を減らすため飲食店の出席者に架空の人数を入れて頭数を増やし、ひとりあたりの料金を減らすというのは、経費をごまかす古典的な手法だ。

「え、あ、待ってください」

太陽は慌《あわ》てたようにスマホを取り出した。

太陽は手帳を使っていない。スマホのスケジュールアプリを手帳代わり、SNSを日記代わりにしている。領収書の日付は三年前だが、スマホを変えていない。

「えーと、この日は……そうだ、夕方から施工業者と内装について打ち合わせたんですよ。それからパラカフェの近くの喫茶店で店長とバイトリーダーと、開店時期のシフトについて話しました。夕食の時間になってたから、ふたりに好きなの食べてくださいって言って、それで全部でこの金額になったんです。ここに書いてあります」

太陽はスマホをテーブルに置いた。カレンダーアプリとSNSをタップする。太陽の箇条書きのメモが、アプリと連携したテキストに書き込まれているのが見える。

「それで――定時過ぎて社に帰って、吉村部長に経過報告したら、飲み、じゃなくて食事しながら聞くって言われて、新橋の居酒屋行ったんです」

「それが三つ目。酒席ですね」

「ぼくはその前にメリーさんに連絡してて、返事待ちだったんで飲みませんでした。話してたら連絡があったんで、新宿まで出向きました。施工業者からの要望を伝えて、それが九時か十時くらいまでかかりました。そのあとで吉村部長の接待に合流、って流れです。カラオケして、終電なくなってたんでタクシーで帰りました。全部で五つ。間違いないです。行っています。さすがに疲れてたので日報には適当に書いちゃいましたけど」

「――なる……ほど」

太陽はカレンダーアプリを水田に見せている。水田が困ったように浦部に目をやり、浦部がスマホを覗《のぞ》き込んだ。

「二十二時二十分、新橋ビッグ、アカギドラッグ――と書いてありますね」

「そうです。カラオケ要員として呼ばれたんですよ。ここの社長、歌うの好きだから」

「鎌本さんは？　ご一緒じゃなかったんですか」

「俺は二つ目だけです。そんなに打ち合わせあるなら俺が代わりに行ったのに」

「俺のほうが歌うまいんです。吉村部長と飲むといろいろつきあわされるから、抜けるのにあえて次の会議入れたりしてました。これもそうかもしれない」

「ということは三つ目の、曽根崎メリーさんとの打ち合わせは要らなかった？」

余計なことは言わなくていいと沙名子が思うと同時に浦部からの質問が飛ぶ。

太陽は頭をかいた。

「そうかもしれないです。でも打ち合わせたのは本当です。報告事項をまとめてありますよ。ほら、水回りとかってスーパー銭湯の命じゃないですか。でもメリーさんはお洒落《しゃれ》にしたいわけで対立してたんです。このとき確か、施工会社が面白い折衷《せっちゅう》案を提案してきたんですよ。一刻も早く話したかったから」

「この日、山田さんは結局、夕食はどの会議でしたんですか」

「えーと、していないと思います。あちこちでちょっと食べたと思うけど、報告することが多すぎて。この時期、深夜に牛丼食べて帰るのが日課でしたもん」

「――確かに。このあたりは深夜残業と休日出勤が多いですね」

隣から声が飛んだ。杉原である。PCで勤務表を確認している。

「はい。ぼくも若かったんですよね。今は深夜の大盛り牛丼は無理です。並ならいけますけど」

太陽は言った。水田と浦部が苦笑し、場が和《なご》やかな雰囲気に包まれる。

油断してはいけない。浦部のこの笑顔のあとには何か来るぞ――と思っていたら、浦部が穏やかに口を開いた。

「プライムプランニングS。曽根崎メリーさんの会社ですが、曽根崎さんは、山田さんとずいぶん親しいようですね」

「そうですね。親しくさせてもらっています。初めてのメイン担当なので、最初は緊張していて。先輩として、社会人としての助言などもしていただきました」

「おふたりでテーマパークへ行ったり。これも仕事の一環ですか」

「はい。テーマパークのようなイメージを提案したら、参考までに視察したいと言われて。曽根崎さんは車の免許をお持ちでないので、社用車でガイドしました。──それで……実は曽根崎さんの息子さんも一緒だったんですが、これはまずいですかね」

鎌本がちらりと太陽を見る。沙名子は平静を装う。

太陽にはすべてを隠す必要はないと言ってある。メリーとのテーマパークの視察に、メリーの小学生の息子が一緒であったことも。自分から言う必要はないが、そういう流れになったら言っていいと告げた。

ポーカーフェイスを装うなどということは太陽にはできない。だったらこちらから告げたほうが疑われない。

「──息子さんですか」

杉原がこちらに目をやってつぶやいた。少し声が弾んでいる。

「仕事にお子さんが同行というのは珍しいですね。何か理由がおありだったんでしょうか」

浦部は優しい声で尋ねた。少し身を乗り出すと、ダイヤのピアスがきらりと光る。負けるな太陽、と沙名子は内心で応援する。

太陽は少し声のトーンを低くした。

「はい。ここだけの話ですが、曽根崎さんはシングルマザーで、この仕事は、できるだけ合わせるからって条件で受けてもらったんです。でも、息子さんの飲食費なんかは経費に入ってないです」

「備考欄などに書いてないですね」

「それは担当者のわたしの判断です。当時から事情を聞いて承認していましたが、会計には必要ないので省《はぶ》きました」

沙名子は口を挟んだ。

浦部はなるほど、とつぶやいて太陽に向き直った。水田は黙っている。ここが本命なのかもしれない。

「曽根崎さんのご自宅に行ったりしたこともあるようですね」

「はい。そういう条件だったので」

太陽は言った。浦部はうなずき、手元のファイルに目をやりながら言った。

「わたしどもは社員のプライベートに干渉するつもりはありません。ただこの企画については、プライムプランニングSへお支払いした額が大きいんですよね。個人的に親しかったというのはどういうことなのかなと。山田さんは優秀で、お若いのにかなりの権限を任されていたようですね」

「曽根崎さんのお名前を使わせてもらって、今後も含めた契約を結んだので、一時的な単価が高くなったんです。うちだけではないです。お問い合わせいただければわかります」

「山田さん、テーマパークは何回か行かれていますが、平日にはお子さんは一緒ではないのでは？」

「いや、一緒です。一緒じゃなくても仕事なんですけど。——つまり……息子さんが、裕也くんっていうんですけど、当時小学校三年生で、不登校になっていて」

少し言いにくそうに太陽は言った。

「不登校ですか」

浦部がつぶやいた。急に話題が変わって戸惑っている。

「学校でいろいろあって。だからメリーさんは仕事をセーブしてて、在宅でいいならって言ったんですよ。ぼくが家に行って、打ち合わせのついでに裕也くんと話したり、外に連れ出したりして、メリーさんは安心して仕事に打ち込んでくれました。別にそのために仲良くなったわけでもないけど。裕也くん、いいやつなんで。自分もひとりっ子だから、気持ちわかるんですよ。

ともかく、ぼくがメリーさんとどうこうとか、プライムプランニングSのためにどうこうとか、そういうのは一切ないです。テーマパークは客層を見てイメージを固めるためで、裕也くんを置いていけないので一緒に行ったんです。ぼくはこのときはペーペーで、自分の仕事をするので精一杯でした」

「当時のメールなどはありますか？」

「あります。ＬＩＮＥもあります。裕也くんともありますよ。ＳＮＳのフォロワーなんです」

太陽はスマホをタップした。

それらしいメールとＬＩＮＥのやりとりを開き、スマホを相手に見せる。水田と浦部が覗き込み、スクロールして見始めた。

「――わかりました。ありがとうございます」

ひととおり見終わると、浦部は太陽にスマホを返した。

「ヒアリングは以上です。山田さん、鎌本さん、お疲れさまでした」

「いえ。こちらこそ余計なことばかり喋っちゃって。何かあったらご連絡ください」

太陽は浦部をまっすぐに見つめて言った。

瞳が飼い主に対する子犬のようにキラキラしている。自分は愛されるべき存在であり、絶対に拒否されることはないと信じている、甘えと自信に満ちた瞳。太陽は要所でこういう表情をする。騙《だま》されるなよと調査官に忠告したくなる。まんまとはまったら大変なことになる。

「――それで、どうなったんですか」

　では失礼します――と会議室を出ようとしたら、ぼそりと声がかかった。

　ＰＣの前にいた杉原である。太陽はドアの付近で立ち止まって振り返った。

「はい？」

「その子――曽根崎裕也くんですか。今は元気なんですか」

「あ、今は毎日学校に行っています。最近急にデカくなって、説教してくるんですよ。なんなんですかね小学生男子って」

「そうですか。――いや、うちの子と同じくらいなんで。よかったです」

　杉原は目をそらし、ひとりごとのように付け加えた。

「はい。よかったです」

　太陽は答え、歯を見せて笑った。


　ドアをぱたりと閉めると、太陽はフーッと息を吐いた。

　沙名子に目をやって得意げに笑う。成功したということらしい。

　あのキラキラした瞳は、ある程度は意図的である。太陽はポーカーフェイスができない代わり、誰にでも胸襟《きょうきん》を開くという高度な営業スキルを身につけている。

「――不登校というのは本当ですか」

沙名子は太陽に尋ねた。

沙名子も曽根崎メリーとは面識がある。太陽との間にメリーの話が出たことはあったが、息子が不登校だということは知らなかった。

「え？　あ――本当です。昔ですが。誰にも言わないでください」

太陽は営業部員の声で言った。

「わたしは聞いていませんでした」

「それは、俺と裕也の間のことなんで」

太陽はおしゃべりなくせに信義に厚い。昔はこんなにいい男だと気づかなかった。どうせいつか団体戦を受け入れねばならないのなら、パートナーが太陽でよかった。

沙名子は腕時計に目をやる。あと十分ほどで定時である。

そういう決まりがあるのか調査官は何があってもきっかり定時で帰る。今日は長くつっこまれないよう、あえてギリギリの時間を指定した。太陽も空気を読んで、どうでもいい話で時間を長引かせた。期間が長くなってくると、こちらもいろんな対抗手段を思いつく。

ひとまず今日のひとつ目のイベントは終了。次がメインイベントである。

仕事に差し支えるのでヒアリングが終了するまで考えないようにしていた。

太陽とは定時終了後に、転勤の前によく待ち合わせていたドトールで会うことになっている。

その後に静かなところで食事をすることになるのだろう。細かいことはメールが来るだろうが、あとで、いつものところでと声をかけておきたい。

太陽も同じようなことを考えているらしい。なんとなく黙って空気を見計らっているところに、鎌本が口を挟んだ。

「太陽さあ、もうちょっと言い方あったんじゃないの？」

太陽を間に挟み、鎌本は反対側を歩いている。営業部のフロアはすぐそこである。

「何かダメでした？」

太陽は尋ねた。入社したばかりのときに面倒を見てもらっていたとかで、太陽は鎌本には頭が上がらない。いいかげん卒業しろと言いたくなる。

「ペラペラ喋るなって言われてただろ。あれじゃまるで俺が働いてないみたいじゃん」

「そりゃ、俺がメイン担当でしたから」

「ああいうときは気をつかえよ。新人じゃないんだから」

「今日は嘘は言えないですよ」

「そりゃわかってるけど。太陽、このあとどうすんの」

鎌本は久しぶりに太陽と会ったのが嬉《うれ》しいようだ。しばらく離しそうにない。

言葉を交わすのを諦《あきら》めて階段に向かおうとしたところで、営業部のフロアから希梨香《きりか》と企画課の社員が出てくるのが見えた。

「太陽〜！　久しぶり、元気？　税務調査どうだった」

「潔白を証明してきたとこだっての」

希梨香が顔を輝かせて駆け寄ってくる。ほかは企画課の男性社員だが、すぐに太陽と鎌本を取り囲む。

「今日泊まりなんでしょ。ごはん食べに行こうよ」

希梨香が太陽の腕をつかむようにして言った。

「え、いや今日、俺、いろいろあって」

太陽もすぐにふりほどけばいいのにそのままでいる。希梨香と太陽の仲がいいのは知っているが、できるなら見たくない光景である。鎌本も便乗して声を重ねた。

「太陽、彼女とはどうせ夜に会うんだろ。それくらいいいじゃん」

「あ、森若さんも太陽と会うの久しぶりですよね。一緒に行きません？」

希梨香が誘ってくる。沙名子は何と言ったらいいかわからず太陽の顔を見る。

「太陽には彼女がいるから森若さんなんていいだろ。太陽の彼女って女子高校生だから。めちゃくちゃ細くて可愛いから」

「鎌本さん、人を勝手に犯罪者にするの、やめてもらっていいですか」

「森若さん、どうですか。この際、真夕も誘っちゃいましょう」

「――わたしは用事がありますので失礼します」

沙名子はかろうじて言った。

そのまま階段へ向かう。太陽の表情を見たかったが見られなかった。追いかけてくるのではないかと思ったが太陽は来ない。当たり前である。来られたら困る。

太陽は全方位に愛されている男である。それはわかっているが、こういうときはどうにも辛くなる。結婚したらなくなるのだろうかと考える。


経理室に入ったときには定時を過ぎていた。

真夕は社内用のミニバッグをデスクに置き、立ったままスマホを見ている。

「あ、森若さん。ヒアリングどうでした？」

「無事終わった。問題なかったと思う」

「よかったー。なにしろ太陽さんだから心配だったんですよ。それで希梨香からＬＩＮＥ来ているんですけど、今日、太陽さん泊まりなんで、みんなでごはん食べに行くそうです。森若さんも誘ってって言われたんだけど、どうしますか」

「わたしはいいです」

「ですよね」

真夕はスマホに向かい、入力を始める。

沙名子はデスクで私用のスマホを取り出した。

太陽からの連絡はない。

今ごろ営業部でほかの社員に囲まれていて、沙名子にメールを打つ暇などないだろう。盛り上がっている状態で断るのは、彼にとって苦痛なはずである。

沙名子と会うのは、今でなければという用事ではない。ここで太陽を責めても怒っても仕方がない——と思いつつぼんやりしていたら、経理室に勇太郎が入ってきた。

「勇さん、いいですか」

沙名子は勇太郎に声をかけた。

勇太郎はやや険しい顔で、ファイルを持ったまま経理室の外に行く。打ち合わせスペースまで来たところで尋ねた。

「何か問題が？」

「いえ。税務調査のことではなくて。――急ですが明日の午前中、お休みをいただけないでしょうか」

沙名子は言った。

今日の夜に太陽と会うのは諦めるしかない。仲間と騒いで、酔った状態で無理やり抜け出して来られるのも嫌である。それなら明日、太陽が帰る前に会ったほうがいい。

「午前中？」

「所用ができまして。わたしの手元の仕事で急ぎのものはないです。調査のほうは美華さんにお願いするか、わたしが出勤するまでお待ちいただければ」

「あー……」

勇太郎はつぶやき、黙り込んだ。

「難しいのでしたらいいです」

沙名子は言った。半日くらいなら大丈夫だと思ったのだが、勇太郎が沙名子を必要としているのなら休めない。

「――いや、半休にしなくてもいい。この際、明日一日休んでください」

少し考えたあとで、勇太郎は言った。

「いいんですか」

「半日だと慌ただしいだろうし、明日は俺も麻吹《あさぶき》さんも社内にいるので支障はないです。調査が長くなったので、そろそろ経理部員も休みたい人は休むべきだと思っていたんです。体調管理は大事だし、始まる前にかなり無理させてきたので。これからは非常事態ではなくて、ルーティンとして組みこんだほうがいいと思う」

「そうさせていただきます。――勇さんは大丈夫ですか」

沙名子は尋ねた。

「俺？」

「休日出勤の代休を取られていないようなので。今、勇さんに倒れられたら困ります」

「俺の心配はいいです。頑丈にできてるから」

勇太郎はうるさそうに手を振った。

勇太郎は自信家だと沙名子は思う。少なくとも仕事に関しては。自分で自分をコントロールできると思っている。

誘いをなんとか振り切ると、太陽は急いで経理室へ向かった。

希梨香たちと久しぶりに飲みたいという気持ちがないわけではない。いつもなら多少の用事は後回しにするところだが、今回ばかりはわけが違う。沙名子からプロポーズの返事をもらわねばならない。

昨日の夜、リモートで話しているとき確認してしまおうかと思ったがやめた。ヒアリングの心得を習得するので手一杯だったというのもあるが、ここはきちんとするべきだと思った。

ヒアリングはまあまあうまくいった。相手から好感を持たれたという慣れた手応えがあった。太陽の営業マンとしての武器は、なんといっても好感度である。

希梨香と鎌本はうるさいが、ほかの社員たちも来るし、太陽がいなくても勝手に盛り上がるだろう。どうしてもつかまえられそうになったら希梨香に、実は彼女に大事な話があるから逃してくれとぶっちゃけて、協力してもらう。希梨香にはそれくらいの貸しはある。

初めてふたりで出かけたときに会ったドトールで待ち合わせ。雰囲気のよさそうな料理店もいくつかピックアップしてある。そしてふたたびプロポーズ。承諾の返事をもらう。その後で沙名子が甘えてくるならどこかに行ってもいい。完璧な計画である。

――と、思ったのだが。

経理室から少し離れた打ち合わせスペースで、沙名子と勇太郎が話していた。沙名子が勇太郎に何か言い、勇太郎が沙名子を見つめて答えている。沙名子は目を伏せて一礼し、スペースを抜け出す。

声をかけるべきだと思ったができなかった。沙名子は少し沈んだような顔で経理室に向かっていく。ふと勇太郎を見ると、勇太郎も同じ表情をしてその場に立ち尽くしている。

胸がざわついた。なんだこれはと思っているうちに沙名子が経理室から出てきた。

沙名子は右手に社内用のバッグとスマホを持っている。スマホを見ながら階段へ向かい、太陽に気づかずに下っていく。

追いかけようと思ったら、ポケットに入れていたスマホが鳴った。

沙名子からのメールである。太陽は慌ててスマホを取る。

明日、お休みを取ることにした。会えるかな。

今日はわたしのことを気にしないで、みんなと楽しんでね。

なんだよこれ……。

太陽は脱力してメールの文字を眺める。

沙名子はいつもこうである。勝手に先回りして、ベストな判断を下す。太陽は沙名子と会うために希梨香を拝み倒し、鎌本が不機嫌になっても無視しようと思っているのに、こちらの気持ちなど考えもしない。

そして安心していると、いきなり扉を閉める。

沙名子はもともとひとりで生きていける人間である。結婚という言葉はこれまでに一回も聞いたことがない。

俺が約束すっぽかしても、わたしのことは気にしないでと言うのかよ。

こんなので結婚なんてできるのか。こういう女と明るい家庭を築けるのか。

そもそも沙名子は結婚する気があるのか……？

「――太陽！」

どうしたらいいのかと考えていると、うしろから声がかかった。

希梨香である。いつのまにか化粧を直し、出かけられる格好になっている。

「なんでこんなところにいるの。店、鎌本さんが予約したって」

「わかった」

太陽が少し不機嫌なのがわかったらしい。希梨香は今気づいたかのように太陽のスマホに目をやり、尋ねた。

「太陽、今、誰かとＬＩＮＥしてた？　彼女？」

「――うん、そう」

「ふーん……。今日、飲みに行ってよかったの？」

「よくないよ。そう言ったら解放してくれんの？」

希梨香がびっくりしたように目をまばたかせる。わかってるなら誘うなよと思いつつ、太陽はスマホをポケットにしまった。

経理室から真夕が出てきた。希梨香に気づいて近寄ってくる。

「あたし、着替えるから先行ってて。企画課の相馬《そうま》さんも来るんだよね」

「OK。太陽、早く行こ」

希梨香は答え、エレベーターのボタンを押した。

完璧な計画なんて太陽の柄ではなかった。太陽は希梨香に引っ張られるようにしてエレベーターに乗った。

じゃ十時に東京駅で
昼前に新幹線乗るから

了解です。

最寄りの駅を降りたところで、太陽からメールが入った。

返信を終え、沙名子は駅ビルのスーパーに入る。今日は太陽と食事をする予定だったので、夕食のことを考えていなかった。

しかし気が乗らない。今日はいつもよりもバッグが小さいのだ。着ているのは少し高級なワンピースだし、太陽から贈られたネックレスとイヤリングまでつけている。会社と自宅の往復をするだけのために何をやっているのだ。

……絶対に行くから待ってて。今日の飲み会は断る、沙名子のほうが大事だから。という返事を期待していたわけではないが。

いや……どうやら、期待していたようだ……。

スーパーの生花売り場を通り過ぎながら、沙名子は落ち込む。

キッチンに飾ったピンク色の薔薇はしおれかけている。見たくない、新しいものを買おうかと思ったが踏ん切りがつかなかった。棘で怪我でもしたら泣いてしまうかもしれない。

こんなふうで結婚などできるのだろうか。団体戦に移行するからには、個人戦よりも強くならなければ意味がないではないか。弱くなってどうする。

しかし幸い、沙名子にはこれまでに培《つちか》った強化と癒《い》やしのアイテムがある。

沙名子は顔をあげる。何も買わずにスーパーを出ると、ビル内の寿司店に向かう。

最近は忙しくてあまり行けなかった。店頭販売が主だが、この寿司店にはイートインがある。そこそこの値段で美味《おい》しい。そして贔屓《ひいき》の職人、椙田《すぎた》がいる。

「——こんにちは。今、空いていますよ」

店の前に立ち止まると、和服姿の女性がにこやかに話しかけてきた。

「そうですね。どうしようかな……」

沙名子は迷うふりをしながら店の中を覗き込む。客はすみのほうで男性がひとり食べているだけだ。カウンターの内側に椙田がいる。

「いらっしゃい。何でも握りますよ」

椙田はしみわたるような声で言った。

おそらく顔を覚えられているだろうが、知らんぷりをしてくれるのはありがたい。

沙名子はのれんをくぐり、カウンターの前に座った。

「今日のおすすめは何ですか」

「今日は、寒ブリのいいのがありますね」

相変わらずいい声である。低くてよく響く。耳に快《こころよ》い美声である。

沙名子のパワーとヒーラーアイテムである。太陽が希梨香たちと飲むのなら、沙名子はひとりでこの男の握る寿司を食べるしかない。今日は値段を考えず、長い名前のものを注文すると決めた。

「——森若さんはさー……」

三本目の焼き鳥を食べていたら声が聞こえてきて、我に返った。

会社の近くにあるチェーン店の居酒屋である。営業部員の行きつけでもある。五人がひとつのテーブルを囲んでいる。太陽は中心に座っているが、喋る気にも飲む気にもならず、なんとなく話を合わせながら食べていた。

太陽と希梨香と鎌本のほかに、経理部の佐々木《ささき》真夕、企画課の相馬緑《みどり》がいる。緑は三十代の既婚女性だが、あまり喋ったことがなかったので新鮮である。

「そんなの知らないよ。そういう話、向こうから話してこない限りしないもん。森若さんも美華さんも」

真夕が焼き鳥を持ったまま言っている。希梨香から何か訊かれたらしい。

「そうなんだ。いつも何の話してるの？」

「いろいろだよ。この間ごはん食べに行ったときは意見が割れて、激論を交わしてた」

「どんな意見で割れたの？」

知りたくなって太陽は真夕に尋ねた。真夕をはじめ経理部員は、平日の大半を沙名子と一緒にいるわけである。太陽よりも確実に長い。

「税務調査とは営業なのか警察なのかって」

「何それ、どういう意味」

「話すと長くなる。森若さんと美華さんてふたりとも仕事できるけど、こだわる場所が違うんだよ。勇さんと森若さんは似てる」

「経理って、誰がやっても同じじゃないの？」

「これが違うんだよ。最近わかってきた」

「経理部って仲悪いよな」

嬉しそうに言ったのは鎌本である。鎌本はなぜか沙名子の話をするのが好きだ。

真夕は焼き鳥をぱくりと食べ、困ったように言う。

「そうでもないですよ。この間は新発田部長がとんこつラーメン作ってくれました」

「あたしは、森若さんは彼氏いると思うな。ロッカールームでスマホ見る回数増えたし、今日なんてデート前の格好してキラキラ輝いてた。絶対に綺麗になったよね」

希梨香が言うと、隣の席にいた緑がふと声をひそめた。

「ここだけの話ですけど。森若さんの彼氏って、山崎《やまざき》さんってことない？」

「えぇーなんで？」

希梨香が身を乗り出す。鎌本は真顔になり、緑の顔を見ている。

「ちょっと前、山崎さんに用事があってデスクに行ったらスマホが見えちゃったんだよね。森若さんからのメールで、ふたりでどこか行ったっぽいの。あとこの間、車で山崎さんに送ってもらっていたでしょう。近くに鎌本さんもいたのに。山崎さんて、他人と線を引いてるよね。森若さんとは仲いいんだなって思って」

「あーなるほど。そういえば今日は山崎さん、誘ったんだけど来なかったんだよね。もしかして今ごろ森若さんと会ってたりして」

「――俺は違うと思うな」

それは違う、と太陽が言おうとする前に、鎌本がきっぱりと否定した。

「どうしてですか？」

「だって森若さんだよ。山崎なんてさ、彼女作ろうと思えばいくらでもできるじゃん。よりによって」

「まあそうだよね。イケメンだし」

「あたし山崎さんて顔を思い出せないんだよね。前髪の印象が強すぎて。あと五ミリ、前髪切ってくれないかなあ」

「太陽はどう思う？」

希梨香が尋ねた。

沙名子は山崎とまあまあ仲がいい。どこかへ行ったり、車で送ってもらったりしたのは本当なのかと思いながらビールを飲んでいたら、いきなりふられてむせそうになった。

「森若さんに好きな人はいるだろうけど、山崎さんってことはないと思う」

太陽は投げやりに答えた。

「そうかなあ」

「いや森若さんには彼氏なんていない。俺が保証する」

鎌本は大げさに手を振った。

「だって森若さん、誕生日の前日に深夜残業してたんだよ。二十九歳の最後の日だよ。彼氏がいたら仕事なんてほっぽって会いに行くだろ、女なんだから。ひとりで会社で何か食べてて、あまりにも惨《みじ》めでさ。思わず声をかけちゃったよ」

「先月は仕方ないですよ。経理部員は毎日、全員残業でした」

真夕が言った。珍しくむきになっている。鎌本が体をふるわせる。

「こっわ。佐々木さんも大丈夫？　昔はもっと可愛かったって言われない？」

「怖いですか？　あたしが？」

「――鎌本さん、経理部、今回すごい頑張っているんですよ。悪口やめてください。俺は聞きたくないです」

太陽は、真夕と鎌本のやりとりに割って入った。

女性三人が、びっくりしたように太陽を見る。

「なんだよ、太陽。おまえ、まだ森若さんのこと好きなの？　やめとけよ。おまえには女子高校生の彼女がいるだろうが」

「だから女子高校生じゃないって。――話変えましょうよ。憶測でもの言うのはよくない」

「はーい。ビールもう一杯頼もうか。あたし、お刺身《さしみ》食べたいな」

希梨香が店員を呼んだ。

つまんねえやつ、と鎌本がつぶやく。太陽は知らんぷりをした。自分が空気を悪くしたことはわかっているが、こればかりは黙ってうなずくわけにはいかない。

沙名子が九時五十分に東京駅の銀の鈴へ行くと、太陽はもう待っていた。

太陽は昨日と同じスーツ姿だった。黒のビジネスバッグを持っている姿は、どう見ても出勤前のサラリーマンである。沙名子を見つけるとパッと顔が輝いた。

「昨日は悪かったよ。俺、誘われたら断れないんだよなあ。沙名子みたいにきっぱり断れるようになりたいよ」

「営業部はそうもいかないでしょう」

そう思うなら断れよと言いたいのをこらえる。太陽にできないことはわかっている。

午前中の東京駅の構内は早足で歩く人たちで溢《あふ》れている。手をつなぐ雰囲気でもなく、沙名子と太陽は肩を並べて歩く。

「駅から出てコーヒーでもって思ったんだけど、新幹線の時間が近いんだよな」

「構内でいいよ。お店たくさんあるし。チケットは買ったの？」

「そう。いったん大阪営業所に戻る。気にかかることがあって。光星くんはいいやつなんだけど、得意先と会うときはちょっとはらはらするんだよね」

太陽もいつのまにか後輩の心配をする立場になっている。大阪営業所で同じ担当を持っている北村《きたむら》光星とは相性がいいようだ。もっとも太陽と相性の悪い人間はそうはいない。

「繁忙期だからね。仕方ないよね」

「お互いさまですよ。沙名子は休んでよかったの」

「最初は半日って思ったんだけど、勇さんが一日くれたの。申し訳ないんだけどね。一番大変なのは勇さんだから」

沙名子は言った。勇太郎のことを考えると、少し痛いような気持ちになる。

「俺は、田倉《たくら》さんが忙しいのはわかるんだけど、何やってるのかさっぱりわからないんだよね」

「管理会計を説明するのは難しいよ」

新幹線口の近くのカフェで、沙名子はカフェオレ、太陽はウインナーコーヒーを飲む。構内なので座席が狭く、客たちがひっきりなしに立ったり座ったりして落ち着かない。

「昨日は楽しかった？」

「いつもの感じ。沙名子は、昨日何食べた？」

「――言えない」

「なんだよそれ。言えないことばかりかよ」

太陽には椙田のいる寿司店のことは教えていない。自分も行きたがるのに決まっているからだ。椙田にペラペラと喋られたりしたら、沙名子の大事なヒーリングスポットが台無しになる。

新幹線が出る時間が近づいてきているというのに、太陽は肝心のことを話さない。そちらこそ、言うべきことがあるでしょうと急《せ》かしたくなる。

考えないつもりだったがじりじりしてきた。未決のタスクを消したい。新しいページが必要ならさっさと作りたいのである。しかしここは自分から催促するわけにもいかない。

もしかしたら太陽は、このまま帰るつもりなのか？

ふとそう思い、沙名子は身震いする。

そうなったらどうすればいいのか。このまま何事もなかったように過ごすのか。

いや太陽は一昨日、リモートで話した時点では物言いたげだった。さもなければ、沙名子と夕食を一緒にするために休みを取るなどとは言わない。

今になって考えなおしたのか？　独身の友達と楽しく過ごして、家族を持つなどということがバカバカしくなったのか？　鎌本に何かたきつけられでもしたか？

……昨日の夜、会っておけばよかった。

沙名子は突然、痛烈に後悔する。

あの局面で、ものわかりのいい女になる必要はなかった。わたしが先に約束したのだから誘いなんて断ってと、どうしても断れないなら、酔っていてもいいから会いたいと言えばよかった。いや沙名子も同席して、途中でふたりで抜ければよかった。妙だと思われるかもしれないが、どうせ結婚するならいつかは知られることである。

二年もつきあって、お互いの性格はだいたいわかっている。コンセンサスも取れているはずなのに、なぜ土壇場になってこんなに焦らなくてはならないのか。

「わたし、入場券買ってくるわ」

沙名子は太陽に言い置いて券売機に向かった。

切符を買いながら見ると、太陽は所在なげに周りを見ている。出勤中のスーツ姿の男女に交じって、旅行に行くらしい家族連れが見える。小さなリュックサックを背負った女の子がわくわくしたような瞳で父親の手を握り、母親が子どもに向かって話している。

太陽は、忘れたわけではないのだ。

沙名子と太陽は東海道新幹線の構内に入った。そのままホームまで歩く。新幹線はもう停《と》まっている。

「俺、ちょっとさ……。沙名子に、確かめたいことがあって」

いいかげん自分から言い出すべきか、それとも諦めるべきかと沙名子が考えはじめたところで、やっと太陽が口を開いた。思っていたのとは違うシチュエーションだが、沙名子はほっとした。

「うん、何」

「つまり……。沙名子はさ、俺のことが本当に好きなのかなって」

「……はい？」

太陽が乗る列車のドアが開き、どやどやと人が入っていく。沙名子と太陽はドアの近くで立ち止まった。

「――好きじゃないとつきあわないでしょう。それも遠距離で」

沙名子は言った。

太陽はそうだけど、と口の中でつぶやいたあとで顔をあげる。

「よく考えたら、沙名子は俺が言ったこと聞いてたのかなって。口に出さないで、ずっと仕事してたけど。つまり――誕生日の前の、ホテルの」

沙名子はまじまじと太陽の顔を見つめた。

「聞いてたよ。でも仕事が立て込んでたから言えなかったの。こんな話、そうそう話題に出せないでしょう」

「もしかして、俺が蒸し返さなかったら、スルーするつもりだったんじゃないのかなって」

太陽は思い切ったように尋ねた。

沙名子は眉をひそめる。それを言いたいのはこちらである。沙名子が疲れ切った局面でプロポーズして、はっきり言い直すこともなく宙ぶらりんにしたのは太陽ではないか。

高揚してシミュレーションしたり、あれは本気ではなかったのかと考えて落ち込んだり、自分の感情がうるさいので、太陽が口に出すまで考えないようにしていただけである。

「それはそうだけど、あんなときに言ったのは太陽でしょう」

「スルーするつもりだったんだ」

「太陽こそ、本当は言いたくなかったの？」

「違うけど。どっちにしろ、もう言っちゃったんだから仕方ないだろ」

「仕方ないで結婚するの？」

結婚という言葉を出したら胸がつまった。震えをこらえて沙名子は右手を握りしめる。

「仕方ないって言ったらしないの？」

「太陽がしたくないんだったらできないでしょう」

「だからそういうところだよ。沙名子は結婚したいって言わないだろ。いつも田倉さんの話ばっかりしてんじゃん！」

「してない！　……してた？」

「してた」

まもなく発車します、とアナウンスが入った。新幹線のドアは、もう乗客を吸い込み終わっている。

太陽は何やら傷ついている、ということに沙名子は気づいた。

これはマリッジブルー、いやプロポーズブルーというやつなのか。勢いでしてみたものの、間が空いたので不安になり、迷っているのだ。沙名子がこの半月で乗り越えたものに、太陽は今、直面している。プロポーズというものに即答しなければならない理由がわかった。

太陽が新幹線に乗った。ここで話を終わらせてはならない。太陽が車内に消える前に、沙名子は一生をかけて太陽に向かう。

「ここで勇さんの名前とか出さないで。太陽とわたしの話でしょ。太陽が結婚したいんだったらわたしもしたいわよ。しましょう」

ついに自分から言ってしまった。——最初からこうすればよかった。

「するの？」

太陽はびっくりしている。今度は沙名子が傷ついた。

「するでしょ普通。ここまできて何言ってるの。太陽のことはみんなが好きよ。嫌いな人なんていないよ」

「そういうのやめて。俺は沙名子から愛されたいんだよ！」

「愛してるわよ！」

「俺も愛してるよ！」

新幹線の内側と外側で、沙名子と太陽は見つめ合った。

お見送りの方はお下がりくださいというアナウンスが響く。太陽が手を伸ばす。沙名子を新幹線に引っ張りこもうとしている。沙名子も、もっと太陽と一緒にいたい。

沙名子が今、この新幹線に乗り込んだら、税務調査はどうなる――。

と太陽も思ったのかどうかは知らないが、太陽が沙名子の腕をつかもうとする前に、プシューと無慈悲な音が鳴り、新幹線のドアが閉まった。

ごとん、と新幹線が発車する。ガラスごしの太陽の顔が徐々に遠ざかり、見えなくなる。

沙名子は呆然《ぼうぜん》として立ち尽くす。周りが自分に注目しているような気がして、つとめて平静に戻ってきびすを返した。

頬《ほお》が熱かった。ひたすら前を睨《にら》み、やみくもに東京駅の構内を歩きはじめる。

しばらく歩いてスマホを見たら、メールが来ていた。太陽からである。

結婚しよう

言うべき言葉は最初からひとつしかない。確認などするまでもない。わかりきっているのだからさっさと言えばいいのだ。手間のかかる男である。

了解です。

沙名子は東京駅のすみで立ち止まり、これまでと同じように返事を出す。

頑張りますとかよろしくお願いしますとか、何か付け加えるべきなのだろうと思ったが、何を書いても陳腐《ちんぷ》になりそうで書けない。

頰が熱かった。家に帰る前に、どこかで大きな薔薇の花束を買わなければならない。自分のお金で、自分を祝おう。この際、棘がついたままでもいい。

第四話
これで終わりではありません！

経理室の窓から陽射《ひざ》しが差し込んでいる。

新しいハーブティーを淹《い》れていた沙名子《さなこ》は窓の外に目をやる。公園が見える。高い木の枝に日光が反射してキラキラと光っている。こんなに綺麗《きれい》だっただろうかと思った。入社してから毎日眺めていたはずなのに、初めて見る景色のようだ。

十一月下旬になっていた。税務調査が始まって一カ月。まだ終わっていないものの、ピークを越えた雰囲気がある。会議室から呼び出しがかかるまで、経理部員は通常業務に戻っている。これまでに遅れた分があるので残業がちだが、涼平《りょうへい》が仕事に慣れてきたせいか、全体として以前より余裕がある。

思えば入社してから約八年間、同じ仕事をしてきたわけである。

経理室の居心地は悪くない。天天《てんてん》コーポレーションはまあまあいい会社だし、経理の仕事は沙名子に向いている。同僚にも恵まれているほうだと思う。室内に置いた冷蔵庫と保温ポットで好きな飲み物を楽しみ、郵便物を出すついでにコーヒーを買ったり、軽い散歩をしたりもできる。

仕事をして家に帰り、家事をして眠る。週末はひとりでのんびりと過ごす。趣味は読書と映画鑑賞。この繰り返し。誰になんと言われようと楽しかった。できるなら変えたくない、一生このまま過ごしていたいと思うほどに。

「──森若《もりわか》さん、おはようございます」

しみじみとハーブティーを飲んでいたら、経理室に水田《みずた》が入ってきた。

水田は天天コーポレーションに出入りしている調査官のうちのひとりで、一番若い女性である。黒いタイトスカートのスーツと白いシャツ、ベージュのストッキング、ヒールの低い黒いパンプス。髪は飾り気なくうしろでひとつに縛っている。道ばたですれ違ったら就職活動中の大学生だと思うだろう。

副リーダーの浦部《うらべ》も女性だがブルーやベージュのソフトなスーツを好み、アクセサリーを忘れず、髪もふんわりしたセミロングである。実際に会う前の調査官のイメージは、むしろ水田のほうが近い。

「おはようございます。何か不備がありましたか」

沙名子は尋ねた。

調査官が経理室へ来るのは珍しい。質問事項は共有フォルダの質問依頼表にまず書かれ、質問依頼書が作成される。さらに用事があれば電話がかかってきて、経理部員が会議室へ行くのが常である。来るとしたらちょっとした確認程度のはずだ。

水田の仕事は浦部の補佐である。たまに、さほど重要ではないヒアリングをすることもある。彼らとはこの一カ月同席してきたので、だいたいの役割分担はわかっている。

経理室には美華《みか》と真夕《まゆ》と涼平がいた。勇太郎《ゆうたろう》は別室で仕事をしている。三人とも素知らぬ顔で仕事をしているが、耳をそばだてていると思う。

「いえ、不備ではありません。お手数ですが筆跡の確認をさせていただきたくて。こちらに文字を書いていただいてよろしいでしょうか」

沙名子は水田から、赤いノートとボールペンを受け取った。

「何と書けばいいですか」

「天天コーポレーション、トナカイ化粧品、篠崎《しのざき》温泉ブルースパ、それから数字の一から十までをお願いします。よろしければ全員」

沙名子はノートにさらさらと言われた文字を書いた。

沙名子に続いて、真夕、美華、涼平に文字を書いてもらうと、水田はありがとうございましたと言った。

「田倉《たくら》さんと新発田《しばた》部長はどこにいますか?」

「新発田部長は会議、田倉さんは外の打ち合わせスペースで仕事をしていると思います。あとで会議室へ行くように伝言しましょうか」

「お願いします」

水田はぺこりと頭を下げ、経理室を出ていった。

「筆跡鑑定か……。こんなことまでするんですね」

水田が出ていってしまうと、真夕がつぶやいた。

「何のためにするのか理解できません」

美華が厳しい表情で言う。確かに気持ちのいいことではない。

「それはアレでしょう、領収書や請求書の添え書きとか、宛名《あてな》とか、金額のアレコレじゃないですか」

「なんですかアレとは」

美華が尋ね、真夕は詰まった。救いを求めるように沙名子を見る。涼平を見ると、涼平は聞かなかったふりをして横を向いていた。

「領収書に宛名がなかった場合、経理部員が書くことがありますよね。添え書きの文字とか。文字と照らし合わせて、この処理を誰がやったのかという確認をするのだと思います」

沙名子は諦《あきら》めて言った。

美華は眉をひそめた。

「宛名のない領収書があることは承知していますが、経理部員が代わって書くことがあるのですか。それはいけないことですよね」

「頼まれることはあります。もちろん突っぱねますが、忙しくて書いてしまったことがあったかもしれません。断っても社員が自分で書くだけなんですけど。追及されたら認めるしかないですね。むしろ問題になるとしたら数字のほうだと思います」

少し迷ったが、沙名子は言った。

美華は妙な顔で沙名子を見ている。本気で見当がつかないらしい。

美華の担当は製造部と開発部である。仕事の中心は勇太郎と同じ管理会計なので、細かい領収書の処理はあまりやらない。曖昧《あいまい》にしておきたいことだが、どこかで追及されるよりも伝えておいたほうがいい。

「数字？」

沙名子は白紙のメモ帳を取り、ボールペンで10000と書いた。そのうしろにゼロを書き加える。

「こういうことです。ゼロを書き加えれば十万円の会議費を百万円にすることができます。考えたくないですが、白紙の領収書を渡す飲食店などもあるようですし」

「領収書を捏造《ねつぞう》するということですか」

「疑われているとしたらそういうことだと思います。不正です。経理部でやる意味はないし、わたしはしたことがありません。ほかの人もそうだと思いますが」

沙名子は言った。真夕と涼平はうなずいている。当然である。

経理部員は社員のそういった細工を見破る立場だ。ゼロを足すとは言わないまでも、領収書の数字を書き換えたものを指摘したことならある。高額なのにカーボンに移すタイプでなく、文具店に売っている、ボールペンで書くタイプの領収書は注意が必要だ。このために天天コーポレーションでは、わざわざ経理部員が対面で領収書を受け取っているのである。

国税局のチェック方法は天天コーポレーションと同じようにアナログである。古くさいやり方だが、今回はよかったということなのだろう。経理部員は社員から嫌われるはめになるが。

「あたし、文具店で売ってる領収書をもらったときは気をつけてますよ。写しじゃなくてボールペンで書くやつ。会議費と交際費の分け方については経理部に来た初日に言われましたし。金額の大きいやつはいったん、森若さんとか勇さんにチェック入れてもらってます。営業部の人は慣れるとこっそり変なの交ぜてきますからね。わざとなのかうっかりなのかわからないんだけど、油断ならないです」

真夕が言った。

「そういった場合はどうするんですか」

「確認して再発行してもらうか、そのまま向こうが引っ込めるかですね。そこから先は追及しません」

「そういうことですか。うちではそういったことを行われていないし、やったとしても経理部で止まるようになっていると。だったらいっそ調査官に確認してもらえばいいですね。疑われるのは不快ですが、潔白の証明になるでしょう」

美華は安心したようだった。涼平もトナカイ化粧品で事務を担当していたので、そのあたりの意識はしっかりしている。当たり前のことだが。

「営業部員が十万円の領収書を百万円にしたところで、経理部員には何の得もないですよ。営業部員と結託して、半額もらうとかにしたら別だけど」

「それじゃ本物の着服じゃないですか」

真夕の言葉に涼平が呆《あき》れて答える。沙名子は仕事に戻り、ふと思う。

たとえば営業部員と経理部員が夫婦だとしたら、どんな領収書でも通せる、結託して着服することは可能になるわけである——。

——いや何を考えている。

沙名子は自分の思考にたじろぎ、首を振る。

どんな金額であろうと書面にあるのは数字である。特に最近は扱う額が大きくなっている。あの数字をお金と考えはじめたら経理の仕事などできない。

「水田さん、頑張ってますよね。あとのふたり——浦部さんと杉原《すぎはら》さんでしたっけ、できる人だから、ついていくの大変そう。自分の身と置き換えて同情しちゃいましたよ」

「真夕ちゃん、水田さんと話すことがあるの？」

沙名子は尋ねた。

税務調査が始まって一カ月経《た》つが、彼らと個人的に親しくなる機会はほぼない。おそらく社員との私語を禁じられているのだろう。

「倉庫に行ったときに、トイレでちょっと話したんですよ。あたしもあのときはヘトヘトだったから。経理部に入ったばかりのときは、森若さんと勇さんに挟まれて死にそうでしたって言ったら、自分もそうなんですって言ってました。水田さんは新人さんらしいですよ。けっこう必死です。なんだか見た目、大学生っぽいですよね」

「そんなことがあったのね」

沙名子は感心した。

たまたま一緒になったので弱音を吐いたら、水田がぽろっと本音を漏らしたということか。真夕の雑談力というのもなかなかである。

沙名子は浦部の隣にいて、ためらいながら質問をしてくる水田を思い出す。彼女は優秀なふたりに挟まれて苦労しているのか。今になってなぜ経理部員の筆跡確認などを始めたのか、それを命じたのは誰なのだろうと考える。


「――では、これは全部、会議費で問題ないわけですね」

会議室の向かいの席で、水田が言っている。

「はい。営業部員全員の部内会議です。このころは合併を前にして、役割分担を決める必要があったんですよ」

答えているのは鎌本《かまもと》である。ふたりの前には領収書の束がある。水田の隣には浦部、少し離れたデスクトップPCの前には杉原。見慣れた光景である。

調査官からもらった質問依頼表は三枚目に突入していた。一枚目、二枚目にはすべて済マークがついている。今日の項目は、『合併猶予《ゆうよ》期間中の営業部の会議費について』だ。ヒアリング対象として営業部から来たのは鎌本だった。嫌だが仕方がない。

「――すみませんが鎌本さん、ここに文字を書いていただけますか」

水田が言って、赤いノートを差し出した。鎌本がちらっと沙名子を見る。

沙名子がうなずくと、鎌本は言われたとおりに文字を書いた。

「ヒアリングは以上です。鎌本さん、ありがとうございました」

浦部が言った。

「いえ、お役に立ちましたら幸いです」

鎌本が言った。沙名子は頭を下げて会議室を出る。いつものやりとりである。

「あーやっと終わった。なんなんだよ筆跡って。疑ってるのかよ」

鎌本は会議室を出るとのびをして、沙名子に話しかけてきた。

「どうでしょうね。わたしは仕事があるので失礼します」

沙名子は鎌本と目を合わせずに階段に向かった。鎌本は早口で声をかけてくる。

「疲れちゃったよ。今日は俺、本当は仕事あったんだよね。でも吉村《よしむら》さんがどうしてもっていうから。経理部にたまには協力してやろうと思って。おかげで残業かなあ」

「そうですか」

「森若さん、ランチとかまだでしょう。なんなら一緒に行きます？」

沙名子は思わず鎌本の顔を見る。

ランチに誘われたら間髪をいれず、お弁当なのでと答えるのが癖になっているのだが、意外すぎて間が空いてしまった。

「――いえ、お弁当なので」

「なんならおごるけど」

「結構です」

「俺、今回の営業部の担当者なんだから、話しておいたほうがいいんじゃないの。夜でもいいですよ。お互い売れ残り同士だし」

「仕事の話は業務時間内にしますので。失礼します」

「じゃなんで山崎《やまざき》と食事に行ったわけ？」

「――失礼します」

沙名子はふりきるようにして足早に階段に向かった。

最近の鎌本はおかしいと沙名子は思う。昔から女性が好き――なのか嫌いなんだかわからない男で、沙名子以外の女性も誘われたり悪口を言われたりといろいろあるのだが、度を越しはじめている。亜希《あき》ではないが、どこかで一回、対策を練りたいところである。


その日の夜、太陽《たいよう》からリモートの電話がかかってきた。

沙名子は早く帰れたので、作り置きのおかずを作っているところである。

ごぼうと人参《にんじん》のきんぴらとポテトサラダ。野菜の皮を剥《む》き、スマホスタンドをキッチンの棚にとりつけ、刻みながら太陽と話す。リモートで話すときは、何か手作業をしていたほうが話しやすいということに最近気づいた。

『――鎌本さんかあ。今、大変そうなんだよねー』

太陽はスタンドにとりつけたスマホの中で、餃子《ぎょうざ》を食べながら言っている。

近所の中華料理店で餃子が特売で安かったので、三十個買ってきたらしい。よく飽《あ》きないものだ。結婚したら野菜を食べさせねばと思い、はっとして自分をいましめる。まだ早い。そもそもどちらが料理をするかも決まっていない。

とはいえ餃子三十個を食事にするのは沙名子が耐えられない。となると沙名子が料理をするしかないのか。耐えられないほうが家事をするはめになるというのはアンフェアではないか――などと思いながら、沙名子は人参を切り、フライパンに入れる。

「鎌本さん、何かあったの？」

『この間、大阪に来たときに飲んだ。樹菜《じゅな》と別れたから、新しい彼女が欲しいみたいで。理想が高いから、いい相手が見つからないんだよ』

太陽はテーブルの前に座り、ペットボトルから直接ウーロン茶を飲んでいる。

太陽の大阪のマンションは東京にいたときよりも広いのだが、社員寮なので殺風景である。沙名子も何回か行った。東京の太陽の部屋にあった、手入れは雑だが枯れてもいない観葉植物が懐かしい。

「わたしは鎌本さんの理想じゃないでしょう。可愛《かわい》いタイプでもないし」

『いや可愛いよ。俺の婚約者の悪口言うのやめてくれる?』

沙名子は言葉を飲み込む。フライパンに向かっていたので顔を見られなくてよかった。こういうときは、太陽の属性は営業マンなのだと自分に言い聞かせなくてはならない。

「……。とにかく、交際費の関係は無事に済んだわ。わたしの担当の中ではいちばん心配だったんだけど、営業部の人の自主申告が意外と正確だった。細かいものはいろいろあるけど。みんなきっちり営業してたのね」

沙名子が言うと、太陽は嬉《うれ》しそうにうなずいた。やっとわかったかと言いたげである。

『うちは広報をそんなにできないから、顧客をキープするの大変なんだよ。あちこちきめ細かく回って、とにかく得意先から可愛がられるっていうのが吉村部長の方針だから。おかげで変な出費が多くなる』

「そういうことみたいね」

『ドラッグストアをまわるときは、どんなに駐車場が空いてても車をすみに停《と》めるのが決まりなんだけどさ、癖になってて、この間なんて、うどん屋でついつい端っこに停めちゃったよ。そういうときに限って駐車場が広くてさ、光星くんも遠いっすねとか言いながら普通に歩いてんの。けっこう天然なんだよなあ』

　太陽の話は放っておくとどこまでも続く。とっくに慣れた。

　二度目のプロポーズで太陽は吹っ切ったようだ、沙名子と結婚することが既定の路線になった。大阪営業所で、太陽と組んで仕事をしている後輩に結婚する予定があるのも影響していると思う。この時期に太陽のパートナーが鎌本でなくてよかった。

「年末はこっちに来られるの？」

　きんぴらごぼうのフライパンに蓋《ふた》をしながら沙名子は尋ねた。

　鍋ではじゃがいもが茹《ゆ》であがっている。これからつぶして玉葱《たまねぎ》と人参とハムを混ぜ、ポテトサラダを作る。きんぴらごぼうとポテトサラダがあれば、しばらくお弁当の副菜に困らない。ほぼ毎週のように作っているので、何も考えなくてもできる。

　太陽は熱い餃子をハフハフ言わせながら、勢いよくうなずいた。

『うん帰る。沙名子のこと親とばあちゃんに紹介したいし、沙名子のご両親にも挨拶《あいさつ》しないといけないしね。うちの親が沙名子を気に入らないってことはないだろうし、俺も気に入られないってことはないだろ。大丈夫大丈夫』

　太陽は自分が好かれる、周囲に受け入れられるということに絶対的な自信がある。何においてもこれが一番大事なことで、ほかはすべてが些細《ささい》なことだと思っている。

沙名子はこれから決めるべきことを毎日考えてエクセルシートにしているというのに、のんきすぎて苛立《いらだ》ちそうになる。――が、そこで腹を立ててはいけない。これは太陽の特質、美点である。

「太陽、猫は嫌いじゃないよね」

『好きだよ。犬派だから飼ったことはないけど。まぐろとしじみ、可愛いよな』

「猫は最初が肝心だから。うちの実家に来る前に、猫カフェとか行って猫の遊ばせ方を覚えといて。それだけ頼むわ」

『よくわからないけどわかった』

本当にわかっているのか。沙名子は、実家に太陽を連れていくと考えるだけで肩に重いものが被さってくるような気持ちになっているのに。

しかし心配は要らないのだ。沙名子の周辺の人間はほぼ確実に、太陽を好きになる。こういうとき太陽はするっと何もかもうまくいかせてしまう。何も考えないで、考えに考えて準備をした沙名子と同じ結果になる。

沙名子には猫を遊ばせることはできても、初対面の人ととりとめのない雑談をしたり、冗談を言って笑わせるなどということはできない。

イーブンではない、不公平な気がする。しかし太陽には変わってほしくない。ずっとこのまま、優しく明るく誰からも好かれる男でいてほしい。なにしろ夫なのだから。

力をこめてじゃがいもをつぶしながら、沙名子の思いは同じところを巡るのである。


「――お疲れ」

沙名子が研究所の仕事を終え、休憩室でミルクティーを飲みながら一息ついていると、白衣姿の美月《みつき》がふらりと現れた。

沙名子は私服である。天天コーポレーション経理部には月に一回、研究所の経理担当者と会い、報告を受けるという仕事がある。先月は忙しくてリモートのやりとりになったが、今月はいつも通り沙名子が研究所に来た。沙名子にとっては同期社員の美月と会う機会でもあり、終わる時間を定時に合わせて直帰してもいい。好きな仕事のうちのひとつである。

税務調査は、沙名子がいないときは真夕が窓口担当をしている。意外とうまくこなせているようだ。

「森若、税務調査ってどうなってるの？」

美月は自動販売機からコーヒーを買うと、沙名子の横の壁によりかかった。

美月は入社してからずっとこの研究所で入浴剤の研究開発をしていて、沙名子が来るときによく顔を出す。白衣の下はクマの模様のトレーナーとゆるいパンツ。化粧はしていない。入浴剤の開発が佳境で、開発室の風呂に出たり入ったりしているのだろう。

「問題ない。多分、もうすぐ終わると思う」

「脱税で摘発されることは？」

冗談とも本気ともつかない声で美月は言った。

美月がこんな話をするのは珍しい。美月の情熱は入浴剤の開発という仕事に向かいこそすれ、会社には向かっていなかった。少なくとも、去年の二月より前までは。

美月の夫は天天コーポレーションの社長、円城格馬《えんじょうかくま》である。仕事には影響ないと公言しているが、社長夫人になったことで意識が変わってきたのか。

当然か。格馬が結婚するのと天天コーポレーションが合併するのはほぼ同時だった。美月が家に帰れば毎日、夫は経営に頭を悩ませているのだ。

「それはない。いくつか修正申告はすることになるだろうけど」

沙名子は言った。

「じゃなぜこんなに長くかかるの？」

「グレーな仕訳があるから。どこも同じだと思うけど。調査官が見逃してくれないの。思っていたよりも細かいのよ」

「探られて痛い腹がある？」

「うちとブルースパにはないよ。――トナカイ化粧品の昔の数字が、けっこうひどい」

沙名子はつい愚痴《ぐち》を言った。

天天コーポレーションのものなら自分たちの責任だから仕方ないが、合併前のトナカイ化粧品とブルースパのことまで追及を受けなくてはならないのがストレスである。勇太郎はトナカイ化粧品の書式や仕訳が好みでないようで、税務調査が進むにつれ不機嫌になっていく。

「不正があったの？」

「不正って言い方はしない。いいかげんだったの。合併の時点では立て直したあとだったけど、その前がね。調査官が見るのは会計の書類だけじゃないから。トナカイ化粧品は、工場の製品管理とか、見えない部分にお金をかけない会社だった。美華さんから聞いて目眩《めまい》がしたよ。合併は正解だったと思う」

「珍しいね、森若がそういうことを言うの」

「勇さんと美華さんの受け売りよ」

沙名子は苦笑する。最近、美華とそういう話をしたばかりだった。

「格馬は経理部を信頼しているみたいよ」

「そうじゃないと困る。九州と大阪も含めて、今回、経理担当者はみんな全力でやっているから。精査すればなおさら、調査官もこっちに大きな瑕疵《かし》がないことはわかるでしょう。予定より長いけど、悪い終わり方はしないと思うよ」

沙名子はとりあえずアピールしてみる。大阪営業所と九州営業所の経理担当者も、所内の社員との窓口になり、リモートで質問を受けたり、そのためにスタンバイしたりしている。大阪営業所からはわざわざ書類を届けに来てもらった。この苦労が格馬に伝わってほしいものだ。

格馬が信頼しているというのはおそらく勇太郎だ。合併の前後から、格馬は明らかに勇太郎を引き立てている。

社長が経理部の責任者から話を聞くのは自然なことなのだが、新発田部長の立場を考えると複雑な気持ちになる。

新発田部長は吉村営業部長と仲がいい――いや仲は悪いのだが、同じグループに属しているようだ。このあたりの力関係はよくわからない。新発田部長と勇太郎はそっけなくも信頼し合っていると思うが。そもそも新発田部長は飄々《ひょうひょう》として、誰の敵にもならない男である。

「格馬さんは最近、田倉さんとゴルフ行った？」

沙名子はふと気にかかって尋ねた。

沙名子は田倉さんの話ばかりしてる——という言葉がふと頭をかすめる。太陽はなぜ急にあんなことを言い出したのか。これこそわからない。

美月は首を振った。

「行ってない。格馬も考えることが多いみたいで。税務調査が終わるのを待って方向を決めるんだと思う」

「格馬さんて行動早いよね」

「そうね。経営については話さないから、わたしに探りを入れても無駄よ。一社員として何か言うことがあるなら伝えておく」

「業績上がったら給料も上げてって言っておいて。——あと、うちって社内結婚の規定ってあったよね。古くて曖昧なところが多いから、見直したほうがいいんじゃないかって。参考意見としていろいろ言いたいことがある」

美月は怪訝《けげん》そうな顔をした。

「森若、社内結婚するの？」

「たまたま目についたの。——そういうことにしといて」

「ふうん、わかった」

美月のいいところは他人に無関心なところである。

沙名子はぬるくなったミルクティーを飲み、自宅のPCに作っているエクセルシートを思い出す。天天コーポレーションの社内結婚の規定を読み込み、不備と希望を書き出す、と忘れずに付け加えておかなくてはならない。

表はすでに数行になっている。まだひとつも済マークがついていない。これから何行書き加えればいいのか。年末に太陽が帰ってくる前に完成させたい。むしろ早く税務調査を終わらせ、こちらの行を増やす仕事にとりかかりたい。

ランチのあとで時間があったので散歩をしていると、喫煙所に浦部が立っているのが見えた。

浦部は手に電子煙草《たばこ》を持っていた。吸ってはいない。周りには周辺の会社の従業員の何人かが喫煙しながら雑談をしている。天天コーポレーションの従業員はいないようだ。

喫煙所が外でよかったと思う。室内だったら匂いが強くて入っていけない。

「――こんにちは、浦部さん」

沙名子は煙を避けて浦部に近づき、声をかけた。

税務調査が始まって一カ月が経っている。浦部はたまにふらりと喫煙所へ来るようだ。まれに喫煙していることもある。

「こんにちは、森若さん」

浦部はにこりと笑った。

「お仕事お疲れさまです。一段落したところでしょうか」

「まだですね。やるべきことは残っています。森若さんこそ、何かご心配なことがあるんですか？」

「経理的な処理については心配していないです。営業部の会議費の関係が無事に終わってほっとしています」

「どこにほっとしました？　終わったことですし、参考までに知っておきたいです」

浦部が尋ねる。これだから私的な会話もできないのだ。

沙名子は浦部を嫌いではない。優秀で安定した女性である。組織にうまく属していて、自分のやるべきことがわかっている人間は気持ちがいい。

「営業部はわたしの担当なので。――今日は社外取締役の村島《むらしま》さんがいらっしゃるんですよね。篠崎温泉ブルースパのことで」

沙名子は話を変えた。

最近になって質問依頼表に『篠崎温泉ブルースパの運営状態と、関係者の役員報酬について』という項目が追加されたのである。事業部に連絡を取ったところ、会計事務所の担当者とともに、元社長の村島小枝子《さえこ》が直接、ヒアリングに来ることになった。

ブルースパについての資料も天天コーポレーション、トナカイ化粧品と同じく、紙が中心である。しかし問題はない。銭湯業務は複雑ではないし、ブルースパは面倒なことを外部業者に委託していたので、会計はさっぱりしたものである。

今になって注目されたのは、トナカイ化粧品の会計や製品管理に曖昧な部分が多かったからだろう。もうひとつの合併先として、念のため洗い直されたのだ。篠崎温泉ブルースパ——今は天天コーポレーションの事業部になっている——にとってはとばっちりだ。

「そうですね。いちおう聞いておきたいと水田が」

浦部は珍しく、苦いような表情になった。

「水田さんですか」

「人により見る場所が違うので。そんなに問題はないと思います。ブルースパは書類も綺麗にそろっていますし。経理部の方にはお手間をおかけします」

「いえ、こちらこそしっかりと見ていただけるように準備します」

浦部の言う、そんなに問題はないが信用できるわけがない。沙名子は浦部に負けないようににこやかに答え、喫煙所をあとにする。

ブルースパの質問の担当者は水田だった。浦部か杉原が一回見た——問題がなかったので質問しなかったことを、水田がもう一回洗い出しているということらしい。水田が急に筆跡を見たりしたのもその関係か。

経理部にとって一番痛いところだった、トナカイ化粧品の会計についてはもう済んでいる。ここからどれだけかかるのか。これが最後なのか、それとも第二章の始まりなのか。

税務調査の日数は相手によりまちまちらしい。一日で終わる個人事業主もあるし、大企業だと何カ月もかかる場合もある。

日数をかけて調査をするということは、天天コーポレーションは社会的にそこそこの企業だと認識されはじめたということだと自分に言い聞かせているが、まだあるのかと思う気持ちは否《いな》めない。早く終わってほしい。

——もうすぐ十二月なのに。

次に太陽と会う前に、詰めなければならないことがたくさんある。同時進行はしたくない。

つまり今は税務調査に集中しろということだ。

沙名子は社内に入る前に太陽のことを頭から追い出し、経理室へ向かって階段を上った。

「——あ、森若さん。さっき村島小枝子さんが来ましたよ。事務の三木《みき》さん、会計事務所の人と一緒に。これからヒアリングなんですよね。村島さん、面白い人ですね。そんなに好きならアレッサンドロを銭湯に呼んであげるって言われました。茨城のほうの店、舞台があるんだって」

経理室に戻ると、真夕が箱を開けながら言った。茨城名産のはちみつ梅である。ヒアリングの開始まで時間があるが、小枝子は早めに来たらしい。どういうはずみか、真夕の推しであるところのビジュアル系バンドのボーカルの話をしている。

「アレッサンドロ君は銭湯とは合わない気がする」

沙名子は言った。アレッサンドロは真夕の元気の素である。沙名子も真夕から彼の写真を見せられたことがある。華奢《きゃしゃ》で女顔の男性だった。

「ですよねえ。村島さんに写真見せたら、化粧とってお風呂に入れたいって言ってました。孫じゃないんだから」

沙名子はブルースパの元女性社長、パワフルな七十代女性である村島小枝子を思い出す。

小枝子は女性とおしゃべりするのが大好きである。真夕とは気が合うだろう。

「今はどちらにいらっしゃるの？」

「営業部と総務部と社長室行って、梅とガマの油配ってくるって。森若さんとも会いたがっていましたよ。ヒアリングはいいんですかね。もうすぐですけど、緊張してないのかな」

「こういうのは慣れているんじゃないかな。元社長だから」

「そりゃそうか」

真夕は納得した。

小枝子のヒアリングについては心配していない。小枝子には、任せればすべてがうまくいきそうな安心感がある。伊達《だて》に長くワンマン社長をやっていない。だからこそ引退した身で、みずからヒアリングに出てきたのだろう。おかげで事業部はほかの社員たちが頼りないが、のんびりとした社風だった分、経理のごまかしもないわけである。

篠崎温泉ブルースパ、『藍《あい》の湯』の業績は好調だった。あの年代の女性で会社を興《おこ》して三店舗まで広げるのは苦労があったのに違いないし、自分が引退したら行き詰まると踏んで、あっさりと天天コーポレーションに合併させるというのも思い切りがいい。ブルースパの社員たちは、給与は少し落ちたものの、そのまま天天コーポレーションの社員になれたのだ。

経営に失敗して、自分だけ天天コーポレーションの執行役員におさまった、トナカイ化粧品の二代目社長とは違う。

浦部は小枝子とどうやり合うのか。小枝子なら何があったとしてもかわすだろうが、浦部も転んでもただでは起きない。にこやかに相手から言質《げんち》を取っていくのが浦部のやり方だ。

ヒアリングを面白がれるようになるとは、自分にも余裕が出てきたな――と思っていたら、経理部の入り口に大きな影がさし、小枝子と事業部の社員が入ってきた。

小枝子はピンク色のスーツを着ていた。沙名子が会ったときは銭湯だったので双方ともに化粧をせず、同じ館内着だったが。しっかり化粧をしてアクセサリーをつけると七十代には見えない。小綺麗な中年女性である。

「あんら、森若さん、久しぶりだねえー！　制服でも綺麗だねえ！」

小枝子は沙名子を覚えていた。金色の大きなイヤリングを揺らし、嬉しそうに笑いかけてくる。

「村島小枝子さんの社長報酬ですが、標準よりもかなり少ないですよね」

沙名子の前で、水田が言っている。

ブルースパ側の代表者は四人である。村島小枝子、その息子で今は事業部副部長になっている村島臨《のぞむ》、事務担当の三木理恵《りえ》、そして会計事務所の男性だ。

経理についての質問には会計事務所の男性が答えていた。臨と理恵は言われたことにしか答えず、詳細には小枝子が応じる。数字はすべて説明がつくもので、従業員の人件費がやや高いことを除けば問題はない。合併時に資産の整理をする必要があったが、このあたりは美華が苦労して登記を終え、支払うべきものを支払っている。

小枝子は水田が指さす数字を見て、豪快に笑った。

「あたしは気楽なひとり暮らしですからね。お風呂も食事も銭湯ですませるから、生活費なんてかからないんですよ。子どもも独立して、もう充分ってなったので減らしたんです」

「所有されている自動車ですが、銭湯の社用車としては高級ですね」

「なんでもよかったんだけど、周りがこれにしろってうるさくて。今は買い取ってあたしの家にありますよ。車のことなんてわからないけど、高速走るのは気持ちいいわね」

「社長だったときの使用実績などありますか？」

「カードの履歴を見ればわかると思いますよ。持ってきているのよね」

「はい」

隣にいる理恵が答えた。理恵はトートバッグから分厚いファイルを出す。

「あたしは運転は嫌いじゃないの。暇になったら穴場の温泉めぐって、いいお湯だったら契約して、タンクでお湯をもらうんです。これが好評なんですよ」

「頼むから運転手をつけてくれってずっと言っているんですが」

臨が困ったように付け加えた。

水田がファイルをぱらぱらとめくり、ほかの書類と照らし合わせてカードの履歴を眺めた。隣にいる浦部と杉原に書類を見せながら何かをささやく。浦部がかすかに首を振り、四人にあらためて向き直る。

「――わかりました。ヒアリングは以上です。今日はわざわざありがとうございました」

「あら、これで終わりなの？　いろいろ準備してきたのに」

「何を準備してきたんですか？」

水田がやや前のめりになって尋ねた。

「そりゃ、あなたたちみたいなかわいらしいお嬢さんとか、素敵なお兄さんと話せるんだから準備もしますよ。これ『藍の湯』の招待券なの。よければご家族で来てくださいな。今はね、キャンペーンやってるから。本当の温泉入れるからね」

かわいらしいお嬢さんというのが水田のことかと思ったら、小枝子は浦部にも言っていた。バッグから封筒に入った券を出して渡そうとする。

「すみません、受け取れないんです」

浦部が言うと、小枝子は表情を曇《くも》らせた。

「残念。あたしはね、若い人が頑張っているのを見ると嬉しくてね。つい応援したくなっちゃうんですよ」

「今度、自費で行かせていただきます」

杉原が答えた。

「よろしくね。たこ焼きはおすすめですよ。大阪の人雇って力入れてるの」

小枝子は笑って封筒をバッグにしまった。小枝子が立ち上がるのを合図のようにして、四人と沙名子は会議室をあとにする。

「もっと長いと思ったのに、拍子抜けだったわね」

小枝子は会議室を出ると残念そうに言った。ヒアリングが短いのを不満に思うのは小枝子くらいである。

「追及するところがありませんから」

スーツ姿の会計事務所の男性が、冷静に答える。彼はブルースパから業務委託を受けて、決算書の作成を含む会計を受け持っている。勇太郎が、彼の書類は綺麗だと褒めていた。社外の人間とはいえ、ずっと担当だったので会計に自信を持っている。

「わたしは終わってよかったです。こんな調査があるんですね。天天コーポレーションの本社って、会社って感じ。自分がここの社員だなんて噓《うそ》みたい」

理恵が言った。緊張していたようで、ヒアリングのときよりも声が明るい。

「社員なんだから、理恵さんも異動があるかもしれないですよ。営業部とか総務部とか」

「それは遠慮しますよ。わたしは銭湯の事務のおばちゃんでいいです」

三木理恵は小枝子の娘の姻戚《いんせき》の女性である。もとブルースパの本社だった『藍の湯』で、経理事務をやっているので、沙名子ともたまに話す。特に優秀なわけではないが、真面目《まじめ》で朗《ほが》らかな性格なのでやりやすい。

「じゃ、どこかでごはんを食べて帰りましょう。格ちゃんと一緒に食べたかったけど、用事があるみたいなのよね。森若さんはどう？　このあたりに美味《おい》しいお店ってないかしら」

「わたしも用事があるんです、すみません」

「そうなの。残念だなあ」

「お店なら、詳しい女性がいますよ。営業部企画課の中島希梨香《なかじまきりか》さん。営業部にいたみたいですよ」

「あらーありがとう。中島さんね。訊《き》いてみるっぺ」

小枝子は行動が早い。何やらぶつぶつ言っている臨を置いて、さっさと営業部へ向かっていく。

希梨香も人見知りをしないし、パワーでは負けないだろう。訊かれれば喜んでこのあたりのいいお店を教えてあげるだろうし、誘われたら一緒に行くかもしれない。小枝子は希梨香を気に入りそうである。

今日のヒアリングはうまくいった。言われたことはすべて説明がついたし、会計事務所の男性が言ったとおり、追及されることがそれほどなかった。小枝子まで来なくてもよかったと思う。

それでも疑念を持たれたらやるしかない。

つくづく相手のある仕事というのは面倒である――と思いながら階段に向かおうとすると、会議室から水田が出てくるのが見えた。そのまま女性用のトイレへ向かっていく。

沙名子は少し考える。数分待ったのち、水田を追った。

水田は洗面所にいた。

天天コーポレーションの洗面所には、誰でも使える商品のサンプルがある。珍しそうにいくつかの石鹸《せっけん》を眺め、ハンドクリームを手のひらに出している。

「水田さん、こんにちは」

沙名子は鏡を前にして水田と並んだ。

「こんにちは、森若さん」

水田は沙名子だとわかってはっとした。ヒアリングを終えたあとだからか、小枝子たちから収穫がなかったからか、少し疲れた顔をしている。

「税務調査お疲れさまです。これから長くかかるんでしょうか」

沙名子は手を洗いながらさりげなく切り出した。

「どうでしょう。わたしにはわからないです」

水田はハンドクリームを両手につけながら言った。腰が低くて人当たりがいいのは浦部と同じだ。この一カ月の間に顔つきがしっかりしてきたようにも見える。

「全部調べていただいたほうがありがたいです。特に合併前の二社については、こちらで把握できないこともあるので」

「——把握できないこととはなんですか?」

「さきほどのお話にあったのと同じことですね。水田さんは鋭い人だなと思いました。今回はブルースパでしたけど。トナカイ化粧品の昔の役員報酬や、社用車の使い道についてはまだですよね。これからあるんでしょうか」

沙名子はゆっくりと言った。

「そう……ですね」

水田はつぶやいた。

鏡の中から沙名子を見る。沙名子と水田は鏡を挟んで見つめ合う。

「――今どき手みやげとか、そういうのはないと思っていました」

やがて水田はぼそりと言った。

水田は新人だが能力がないというわけではない。あの浦部や杉原とともに仕事をしているのだ。ただの雑談で沙名子がこんなことを言うはずがないということはわかっている。そして警戒している。

だから沙名子は水田に教えたのだった。

水田が質問した『合併猶予期間中の営業部の会議費について』と『篠崎温泉ブルースパの運営状態と、関係者の役員報酬について』は、ふたつとも企業側に瑕疵はなかった。もう調べる対象も少なくなり、水田は焦っているように見える。

浦部は水田を育てたいという気持ちがある。水田が何か見つければチームは満足するし、これ以上細かいところをつつかれることもないだろう。税務調査は円滑に終わる。

調査官が最後に何か見つけたいのなら、トナカイ化粧品の合併前のものがいい。戸仲井《となかい》大悟《だいご》の印象が悪くなったところで、経理部に傷はつかない。

トナカイ化粧品については製品管理の杜撰《ずさん》さと過去の期ずれが大きかった。そちらに集中しすぎて、不適切な交際費や会議費、社長報酬と社用車の私的利用については気づかれていなかった。亜希のいうところの、大悟さんはもっている、というやつだ。

沙名子は濡《ぬ》れた手をペーパータオルで拭き、水田と同じ、ゆずのハンドクリームを取る。

「ただの雑談です。天天コーポレーションはこれまで通り、なんでも協力する予定です。年を越すのもなんですし、なるべく早く調査を終わらせて、正しい納税をしたいんですよ」

水田は鏡から自分の手元に目を落とした。ハンドクリームのチューブをじっと見ていたと思ったら、ぽつりと言った。

「このハンドクリーム、いいですね。洗面所に来るたびについ使っちゃう」

「ありがとうございます。よければサンプルを差し上げましょうか」

「自費で買うので大丈夫です」

洗面所の扉が開き、女性社員が入ってくる。水田はきびすを返し、彼女とすれ違う。

沙名子はハンドクリームを塗り終えてから廊下に出た。水田が我慢しきれないように小走りになり、会議室に入っていくのが見える。


「森若さん、新しい質問依頼表を見ましたか」

沙名子が仕事をしていると、勇太郎が声をかけてきた。

沙名子は共有フォルダを見た。質問依頼表には『トナカイ化粧品の役員報酬、および社用車について』という項目が追加されている。水田はきっちりと仕事をした。

「トナカイ化粧品のですね」

「もうトナカイ化粧品の話は終わったと思っていたんだが、村島さんのヒアリングがあったからかな。何か心当たりがある？」

「いいえ」

「――そうか。なんでも明らかになるのはいいことだけど」

焦るでもなく勇太郎は言った。

トナカイ化粧品の大悟の仕事ぶりに勇太郎が気づいていなかったはずはない。気づかれてほっとしているようにも思える。勇太郎は大悟に興味はないだろうが、トナカイ化粧品の会計が嫌いなのである。

これで終わるでしょうかと訊きたいところだが、勇太郎にわかるわけがない。しかし勇太郎もなんとなく、これで最後という手応えがあるように思う。

「近日中に槙野《まきの》さんと戸仲井大悟さんを呼びます。できればその前の経理担当者もかな。この件は俺がやるから、森若さんは立ち会わなくていいです」

「わかりました」

沙名子はうなずき、仕事に戻った。

税務調査が終わったのは十二月の初旬だった。

最初は一日で終わると聞いていたのに、一カ月と少しかかったことになる。

槙野のヒアリングを終えた次の日に浦部が挨拶に来て、今日で終了しますと言った。次の日、彼らは来なかった。これまで連日緊迫したやりとりをかわしていたのに、あっけないものである。

修正申告はこれからだが、基本的に言われたままに直す方針なので、問題なく進むはずだ。ここからの担当者は勇太郎と美華なので、沙名子は通常業務に戻れる。

資料を資料室と倉庫に移し、コピー機とＰＣを運んだあと、反省会を兼ねて部内会議をした。

がらんとした第一会議室に入るとほっとした。時間が経つにつれ慣れてはきたが、やはり社外の人間に精査されるというのはストレスだった。

「――いやーみんな頑張ったな。とりあえず、お疲れさまでした。ほかの仕事があるから、ゆっくりしろと言えないのが苦しいところだが、休めるようなら順繰りに休むように。誰かが休んだら残りの部員はいつも通り、フォローしてやってください」

型どおりの総括が終わると、新発田部長が言った。

新発田部長はここにいる部員たちの中でいちばん晴れ晴れとした顔をしている。

「休みの調整なら、今したらいいのでは？　早い者勝ちですよね。わたしは年内に有給休暇をいただく予定はありません。修正申告を優先します。代わりに来年初頭に、長めに冬休みをいただきたいと思います」

革の手帳を開きながら美華が言った。美華の手先にはいつもしているネイルがない。沙名子もだが、美華もこの一カ月、爪《つめ》に気をつかう余裕がなかった。

「俺は休みたいけど特に用事はないので、皆さんが出勤する日に一日もらいます」

涼平が言うと、スマホを見ていた真夕が勢いよく手をあげた。

「あたしいいですか！　できれば十二月にピンポイントで二日か三日くらい、平日休みをいただきたいんですよ。日程の候補はありますけど、どの日になるかはまだわからないので、明日か明後日かに報告します」

空気が和《なご》んだ。真夕の趣味がインディーズバンドのライブに行くことだというのは経理部員の全員が知っている。税務調査の間は一回も行っていないということも。

「では佐々木《ささき》さんの予定が決まるのを待ちましょう。――森若さんは？」

勇太郎が尋ねた。部内の視線が沙名子に集中した。

沙名子は言った。

「わたしは十二月二十四日から二十六日まで連休にしてお休みをいただきたいです」

数秒の間が空いたと思ったのは気のせいか。クリスマスに休みたいのは当たり前だと思うが。

「わかりました。調整します」

勇太郎が答えた。会議は次の議題に移っていく。窓から光が射し込んでくる。沙名子は窓の外に目をやり、寒いが美しい季節だなと思う。

「森若さん、食事はいつにしますか」

会議が終わったあと階段を上っていると、美華が声をかけてきた。

「食事？」

「約束をしたでしょう。税務調査が終わったら食事に行くと。森若さんといろいろな意見の交換をしたいです」

美華は律儀である。一カ月以上前の約束を覚えていた。

美華は面白い人間なのだが、この面白さを人に説明するのは難しい。

「今週の金曜日はどうでしょう」

沙名子が言うと、美華はうなずいた。

「わかりました。予約をしておきます。銀座《ぎんざ》でいいかしら。父が懇意《こんい》にしている店があるの」

美華の父親が懇意にしている銀座の店。恐ろしいなと思ったが断る理由はない。既婚になったら行けなくなるかもしれない。今期のボーナスが多く出ますようにと沙名子は祈る。

十二月二十三日に沙名子が帰るとき、経理室では勇太郎が残業していた。

美華と涼平は帰っている。真夕は神奈川でライブがあるとかで、今日は休みである。

沙名子はこのところ毎日残業だった。税務調査で遅れた分を取り戻すべく仕事をして、なんとか目標としたところまで終わった。明日はクリスマスイブ、すぐに年末とお正月なので、その前に一区切りつけておきたかった。

「──勇さん、お疲れさまです」

沙名子は経理室を出る前に、勇太郎に声をかけた。

勇太郎は税務調査が終わってからも休みは取っていない。国税庁とのやりとりが煩雑《はんざつ》らしい。やりとりはなぜかメールを使わず電話かファクス、またはお互いの場所に足を運んでいるらしい。勇太郎も年内に区切りをつけたいだろう。

「──ああ。お疲れ」

勇太郎は沙名子に目をやった。

「修正申告、まだ終わりませんか」

「終わらん」

勇太郎は電卓を机の横に置き、のびをした。前髪が乱れて額《ひたい》にかかっている。

「難しいところがありますか」

「それはない。さすがに疲れているけど、要領がわかったから、次からはもっとスムースにいくと思う」

「次があると思っていますか？」

「来年ということはないだろうが、ある。合併したからにはどっちにしろ、これまでのようにはいかない。森若さんはしばらく休みですよね。どこかへ行くんですか？」

「家の周りをうろうろしています。勇さんは？」

「俺は仕事かな。冬休みに格馬さんからゴルフに誘われているけど、格馬さんも新婚だから邪魔したくない」

勇太郎は少し笑った。いつもよりリラックスしている。こんなふうに話せば、営業部員から謎の人と恐れられることもないのにと思う。

「お先に失礼します」

沙名子は一礼して経理室を出た。

着替えて品川《しながわ》駅へ向かう。定時後の新幹線で、大阪から太陽が来るはずなのである。

太陽とは駅の近くで落ち合う。クリスマスの間、一緒に過ごす予定である。

品川駅のロータリーで、太陽は立っていた。

仕事帰りらしいスーツと黒のコート。旅行用のバッグを提《さ》げている。遠目に沙名子を見つけ、嬉しそうに手を振ってくる。

なんといい男なのだろう。沙名子はほれぼれとしながら太陽に近づく。最近はとくに格好よくなってきたようで困る。クリスマスには新しいコートを買ってあげたい。

「仕事大丈夫だった?」

沙名子は尋ねた。

無理をして有給休暇を取ったのは太陽も同じである。沙名子もそうだが、ギリギリまで今日の仕事の終わる時間が読めなかった。

「そりゃ頑張って休み取ったさ。今日は日報書き終わってからダッシュで新大阪《しんおおさか》行って、新幹線に飛び乗った。クリスマスが終わったら大阪行って、また年末に帰ってくる」

「忙しいのね」

「俺はいつものやつだから。沙名子のイレギュラーほどじゃないよ」

「うん。わたしも今回のは大変だった。終わってよかったわ」

沙名子は言った。

税務調査は準備から目がまわるようだった。やってよかったとはとても思えないが、転機になったことは確かである。もしも税務調査がなかったら結婚することはなかったかもしれない。太陽は大阪で、沙名子は東京で、それなりに満足して暮らしていて、変化の必要はなかった。

こういうのもタイミングというのか。新幹線のホームで太陽に逆プロポーズした自分を褒めたい。あのときは、今ここで決めなければダメだという天啓のようなものがあった。

「食事は？　俺はおにぎり食べたけど、どこかで何か食べていく？」

「まだだけど、何か買って帰ろうと思って。簡単なものなら作るけど、美味しいもの食べたいでしょ」

「沙名子が作るのはなんでも美味しいんだよなあ」

太陽はウキウキしている。これから沙名子のマンションへ行くのである。

太陽に来てもらったことはあるが、泊めるのは初めてだ。

転勤になったからといって、ホテル代わりにされたくなかった。そもそも彼氏だろうが家族だろうが友達だろうが、家に人を入れるのは嫌なのである。そのことは太陽もわかっていて、内心はどうあれ泊めてほしいと直接言われたことはない。

——と思っていたのだが、婚約した今となってはそうも言っていられない。

いずれ一緒に暮らすことになる。太陽のいる空間に慣れなくてはならないし、太陽にも慣れてもらわなくてはならない。衛生観念と、家事がどの程度できるのかを見極めたい。合わない部分があるのなら、結婚をする前にすりあわせておきたい。

これから自費で東京と大阪を行き来する機会が増えると思う。結婚に関する用件だったら割り勘にしなくてはなるまい。沙名子が大阪へ行くときは太陽が泊めてくれるし、交通費が馬鹿《ばか》にならないのにホテル代まで出せない。

などといろいろ考え、太陽に、うちに泊まる？　とメールで尋ねた。太陽はびっくりしたらしく、いいの？　と怯《おび》えたような返事が返ってきた。

駅ビルの地下でサラダとローストビーフと赤ワインを買い、最寄りの駅で降りると、雪が降っていた。

沙名子が折りたたみの傘を開く。太陽が傘を差し、ついでのように沙名子を抱きよせる。人通りの少ない住宅地なので、誰も注目しないのが幸いである。

「俺、雪好きなんだよね。無性に走り回りたくなる」

「知ってた」

「なんで知ってるんだよ」

太陽は笑った。今日はずっと笑っている。

雪は降り続けている。明日は積もるかもしれないが、太陽が温かいので寒くない。太陽も同じだったらいいと沙名子は思う。

マンションに入り、玄関のドアを閉める。太陽はコート姿のまま、当然のように抱きしめてくる。以前よりも強引だ。

沙名子は太陽の腕の中で抗《あらが》った。太陽を見上げ、手を押しとどめる。

「ちょっと待って。準備をするから。食事の前に終わらせたいの」

「え、もう。――まあ、そうだな。しばらく会ってなかったもんな」

「コートを脱いで座っていて」

太陽は沙名子に言われるままコートとスーツを脱ぎ、赤いスエットに着替えはじめる。泊まりのグッズはそれなりに用意してきたようだ。

沙名子がキッチンにいる間、太陽はいそいそとテーブルの前に座って待っていた。

沙名子はお茶を淹れ、太陽の前へ置く。太陽の向かいに座り、コピーしておいたプリントをファイルから取り出した。太陽は目をぱちくりさせてプリントを受け取る。

プリントはエクセルシートを印刷したものである。結婚の約束をしてからというもの、少しずつ書きためてきた。

「――何、これ」

プリントをまじまじと見ながら、太陽はつぶやいた。

「結婚へ向けて、クリアするべきタスク表」

沙名子は事務的に言った。

この作業にはすっかり慣れた。なにしろ一カ月以上、似たような表の最後の欄に、済マークをつけ続けてきたのである。終わらせたと思ったら次が出てきてうんざりしたが、それなりに達成感はあった。

「今日は確認だけだから時間はかからないわ。太陽も気づいたことがあったら付け加えて。タスクを明確にして、ひとつずつ処理していきましょう」

沙名子の顔を見つめたまま固まっている太陽へ向けて、沙名子はゆっくりと告げた。

エピローグ　～ときめく真夕ちゃん～

「――森若《もりわか》さん、知ってます？　太陽《たいよう》さんが結婚するらしいんですよ」

午後の経理室である。ランチ後の歯磨きを終えた沙名子《さなこ》が経理室に入ってきたので、真《ま》夕《ゆ》は早速声をかけた。

真夕のデスクにはスマホと、買ってきたばかりのジンジャーコーヒーがある。仕事中に抜け出して買うのはシンプルなコーヒーのみと決めている。季節限定のドリンクは、ランチ帰りのテイクアウトの楽しみである。

「――そう」

沙名子はデスクの引き出しを開け、お茶のパックを出そうとしているところである。

沙名子の爪《つめ》は綺麗《きれい》なベビーピンクに塗られている。それを見て真夕は安心する。税務調査の間は、真夕も美容のことなど気にかける暇もなかった。沙名子が爪の手入れを復活させ、美華《みか》に金のアクセサリーが輝き、自分に次のライブの予定が入っていると、仕事に余裕があると感じられる。

いろいろあったが、税務調査はともかく終わった。真夕は補佐をするだけかと思ったら、沙名子の代わりにヒアリングに同席したり、勇太郎《ゆうたろう》に資料のチェックを頼まれたり、それなりに仕事があった。

「今、大阪営業所の川本《かわもと》さんからＬＩＮＥ《ライン》あったんです。多分、お相手は東京の彼女さんですよね。希梨香《きりか》が、太陽さんって結婚するんじゃないかなって言ってたんだけど、本当でした」

真夕はジンジャーコーヒーを口に運びながら言った。沙名子は山田《やまだ》太陽の話は嫌いではないはずだ。

「それは、山田さんが社内に報告したってこと？」

「そういうんじゃなくて、川本さんが、太陽さんと誰かが話してるのを聞いたんだそうです。大阪営業所って狭いし、太陽さんはおしゃべりだから、隠しておけるわけないですよ」

「――なるほど」

沙名子はそっけなくつぶやいた。真夕と目を合わせずにマグカップにお湯を入れ、ハーブティーを作っている。

あれ、と真夕は思った。太陽には東京に彼女がいる——鎌本《かまもと》によれば若くて可愛《かわい》い女性のようだというのは希梨香から聞いていた。転勤になってからは東京出張のときに金曜日をあてたり、次の日を休みにしたりしている。そのことは沙名子も知っているはずなのだが。

太陽は数年前まで沙名子のことが好きで、経理室に来てはしつこく話しかけていた。今も恋人がいるとはいえ、少しは気になっていると思う。そんな男が結婚するとなると、沙名子のような女性でも複雑な気持ちになるものなのか。

そもそも沙名子にも恋人がいる。

希梨香の憶測を聞いても半信半疑だったのが、税務調査のあと、クリスマスに休暇が欲しいと沙名子が言うのを聞いたとき、恋人と会うんだなと自然に納得した。きっと非の打ち所のない素晴らしい男性なのに違いない。

「遠距離で結婚って、どうするんでしょうね。彼女さんが仕事を辞めて大阪に行くのかな」

「そういうのはこれから決めるんじゃないのかな」

沙名子はデスクにマグカップを置きながら言った。

「太陽さんはあと二年くらいで東京帰ってくるんだし、そのときまで待っていればいいのに」

真夕は言った。太陽のことは希梨香もだが、川本も少し好きだったらしい。なぜモテるのかわからない。

「邪推はよくないですよ、真夕ちゃん」

デスクで書類を読んでいた美華が真夕をたしなめた。

「そうですね。希梨香と話すと、ついつい余計な情報が入ってきちゃって」

真夕は反省した。私物のスマホをしまい、仕事のファイルを取り出していたら、経理室に勇太郎が入ってきた。まっすぐに美華のデスクへ行く。

「麻吹《あさぶき》さん、昨日お願いした別表できました?」

「今日中に仕上げる予定です。急ぎですか」

「できたらすぐに教えてください。俺のほうは計算が終わったから」

真夕はPCごしにこっそりと勇太郎を見る。税務調査が終わって経理部員はもとの仕事に戻っているが、勇太郎だけはそうではない。国税局からファクスを受け取ったり出したりが忙しく、書類とノートPCを抱えて会議室と経理室を行き来している。

勇太郎は少し変わったと思う。あまり怒らなくなったし、全体的に落ち着いて管理職然としてきた。最初は勇太郎から何か言われるたびに怖くてたまらなかったが、最近はそうでもない。ボードに定時帰りマークをつけている日に急な仕事が入ると、佐々木《ささき》さんはライブがあるんじゃないのかと心配される始末である。

勇太郎こそ浮いた話はないのだろうかとふと思う。希梨香が、勇太郎のような男性が好みの友達がいるから紹介したいと言っていたが、訊《き》けるわけがない。四十歳独身経理課長という肩書きが似合いすぎて、ほかの属性になることが考えられない。

「――こんにちは」

邪推はよくないと自分をいましめつつ仕事に戻っていると、経理室に槙野《まきの》と涼平《りょうへい》と亜希《あき》が入ってきた。

亜希は営業部員である。女性では珍しい外回り要員を自分から志望したというだけあって、しっかりして頼りになる女性だ。

「亜希さん、こんにちは。槙野さんは今日は静岡からですね」

真夕は言った。槙野は今日、トナカイ化粧品の数字を合わせるために出張してきている。

「槙野さんが来るからランチしていたの。税務調査が大変だったでしょう。トナカイ化粧品はどうなるんだろうって気にかかっちゃって」

亜希と槙野と涼平は仲がいい。三人ともトナカイ化粧品からの合併組で、同じ時期に静岡工場で働いていたのである。槙野は今は天天《てんてん》コーポレーションの製造部員として静岡工場に勤務しているが、合併まではトナカイ化粧品の総務課長だった。税務調査のときは倉庫まで来てヒアリングに答えていた。

税務調査では勇太郎や美華と反目し、真夕が双方をなだめて疲れた。槙野は自分では経理を正式に勉強をしたことがないと言うが、あの調査官たちに加え、勇太郎と美華と真っ向からやりあえるのだから優秀なのは間違いない。

「期ずれは修正すればいいことでしょう。追加納税もないと思うし、問題ないですよ」

槙野はそっけなく答えた。機嫌はよくない。普段は仕事熱心なうえ家族思いで、経理室に来るついでに真夕に子どもの写真を見せたりするくらいなのだが、トナカイ化粧品の過去の経理に話が及ぶと、途端にとげとげしくなる。

「そっちじゃなくて、大悟《だいご》さんのことですよ」

「大丈夫です。俺が大悟さんから全部、任されてるから」

「大悟さん、ちゃんと答えたんですか。社用車のメルセデスを私用に使ってたって」

「ふたりとも、こんなところでやめてくださいよ。さっきまで仲良く唐揚げ定食食べていたじゃないですか」

涼平が割って入った。もとトナカイ化粧品の社員たちは仲がいいが、一枚岩というわけでもなさそうだ。何にせよ合併によって会社がなくなってしまったのには同情する。

トナカイ化粧品の元社長、戸仲井《となかい》大悟が今後、どうなるかはわからない。役員クラスの人事を真夕が知ることはできない。真夕にわかるのは、税務調査が終わったあとで勇太郎と新発田《しばた》部長が呼び出されて、格馬《かくま》社長と長い会議をしていたくらいである。

「ランチといえば、事業部から梅ゼリーが届いてましたよ。たくさんあるから食べてください」

真夕は事業部からの差し入れを思い出し、冷蔵庫を開けた。

「わたしもいいの？」

「どうぞどうぞ」

真夕は梅ゼリーの箱を取り出した。事業部――もとブルースパの社員たちから届いたものである。あちこちに配ってもまだ余る。事業部の社員たちは物を贈るのが好きなようだ。元社長の村島小枝子《むらしまさえこ》の指示かもしれない。

亜希が梅ゼリーを持って経理室から出ていくと、勇太郎が立ち上がった。

「槙野さん、いいですか。外の小会議室でやりましょう」

「はい」

勇太郎が声をかけると、槙野の顔が険しくなった。勇太郎は無表情だ。美華がちらりと目をあげて槙野を見る。

美華は気にかかるようだが、真夕は勇太郎と槙野が話すと思うだけで胃が痛くなる。絶勇太郎と槙野がいなくなると、経理室に志保《しほ》が入ってきた。

「──すみません、伝票」

涼平もいたが、志保は真夕のもとへやってくる。

「はーい。志保さんも今回、お疲れさまでした。人事と労務関係については問題なかったですよ」

「そうですか。──聞いたんですけど、誰か結婚するって。本当ですか」

「いやー邪推はよくないですよ。人のことは言えないけど」

真夕はあははと笑った。志保はこういうことを怖い顔で言うので誤解されてしまう。ここは冗談にするに限る。

志保は黙っている。雑談をうまくできるタイプではないのだ。しかし悪い人間ではない。

真夕は今回、志保と協力して労務関係の書類の作成にあたった。作成の目的をうまく飲み込めなかったり、質問が下手《へた》だったり、該当書類がすぐに出てこなかったりといろいろあったが、ポンコツなのはお互い様である。励まし合って頑張った。志保は真面目《まじめ》だし、慣れるとたまに笑うこともあって苦手ではなくなった。

「志保さん、梅ゼリーどうですか？　美味《おい》しいですよ」

「梅ゼリー？　なんで？」

「事業部からいただいたんですよ。税務調査の慰労にって。総務部の人にも持っていってください。五個くらいあればいいかな」

「――はい」

伝票の処理を終えると、志保は梅ゼリーを五個抱えて出ていった。

真夕は背中をもたれさせ、ふうと息をつく。梅ゼリーを食べようかなと思ったが、美華と沙名子と涼平が仕事をしているのでやめる。

税務調査が終わってよかった。今月はライブが二本入っている。一本は遠征《えんせい》で、自分へのご褒美でいいホテルを取った。経理部員だから知っていることだがボーナスの額もいつもより多い。終わったらライブへ行くんだと唱えながら残業したかいがあった。

このまま何事も起こらなければいいなあ――などと思いつつ伝票の確認をしていると、経理室に鈴木宇宙《すずきうちゆう》が入ってきて、どきりとした。

鈴木は製造部の課長である。ひょろりとした長身に眼鏡の男だ。誰にも言っていないが、真夕はひそかに、素材としては社内の男性のうちで一番いけてると思っている。眼鏡を外せばイケメンというやつだ。

「すみません、槙野さんを見てないですか。今日の昼に経理部に行くって聞いていたんですが」

鈴木は尋ねた。

鈴木も槙野と同じく静岡工場勤務である。今日はふたりともに出張らしい。

「槙野さんなら田倉《たくら》さんと打ち合わせ中です」

「そうですか。いるならいいんです。製造部の用事があるので連絡しておきます」

「わかりました。顔を見たら伝えますね」

「──あの──鈴木さん、ちょっとお尋ねしたいことが」

鈴木が沙名子と話し終わるのを待って、真夕はこっそりと鈴木に話しかけた。

「はい」

鈴木が真夕に顔を向ける。

うむ、やはり綺麗な顔をしている。睫《まつげ》は長いし鼻は高いし、手足が長くて骨張ったスタイルもいい。化粧をしたら絶対に美形になると思いつつ、真夕は鈴木に向き直る。

「個人的な興味なんですが……。鈴木さん、確か、ご趣味でライブをやられているんですよね。ジャンルは何なんでしょうか」

真夕は声をひそめ、思い切って訊いた。

鈴木がライブをやっている──観《み》る側でなく、演奏する側だと聞いて以来、知りたくてたまらなかったのである。

鈴木は眼鏡の奥で瞳をまばたかせ、かすかに笑った。

「ぼく、そんなこと佐々木さんに言いましたっけ」

「はい。なんなんだろうって気になって仕方なくて。あ、言いたくないなら言わないでいいです。仕事には関係ないことだし」

「いや、別に知られるのはいいんだけど。——太鼓《たいこ》なんですよね」

「太鼓」

真夕はつぶやいた。

そうか、ドラムか。これまではついついボーカルで想像していた。黒革のステージ衣装を着せてマイクの前に立たせていたが、まさかのリズム隊とは。

しかし想像し直すと悪くない。ステージの一番うしろで、ドヤ顔でドラムを叩く鈴木もいい。言われてみれば腕は太い。体は細いが体幹はしっかりしていそうだ。衣装はやはり黒革で想定しておこう。眼鏡を外して化粧する。髪はオールバックでもいけるが、あえて前髪が乱れているのを推奨しよう。

「かっこいいですね。写真とかありますか。見たいなあ」

調子に乗って言ってみると、鈴木は照れくさそうに笑った。

「いや、会社で見せるのはアレっていうか。恥ずかしいんで見せられないです」

「意外な趣味ですね」

隣にいた涼平が声をかけてきた。

「よく言われます。休日に練習してるんですけど、けっこう楽しいですよ。——じゃ、ぼくは行きますね」

鈴木は朗《ほが》らかに言って、経理室を出ていった。

ひとまず楽器を知ることができた。満足して仕事に取りかかっていると、涼平が真夕に尋ねてきた。

「鈴木さんて独身でしたっけ？」

「え。な、ななんでですか」

「扶養《ふよう》手当なかったよなって思って。静岡工場にいる人たちはあまり顔を合わせないから、家族構成の情報が抜け落ちそうで心配です」

「あ、そういうことですか。鈴木さんは扶養手当ないです」

「了解です」

わけもなくドキドキしてしまった。

しかし山田太陽が結婚するのだから、鈴木宇宙が結婚してもおかしくないわけである。

いつまでも続くと思うな推しの独身。時の無情を噛《か》みしめつつ、真夕はぬるくなったジンジャーコーヒーに口をつける。

ＰＣに向かっていると勇太郎が入ってきた。意外と早かった。

「槙野さん、どうでしたか」

沙名子が勇太郎に声をかけた。沙名子は槙野と仲がいいので責める形になるのは苦しいだろう。

「順調です。こういうのは逆らったところでどうしようもない」

勇太郎がそっけなく答える。

「担当でなかったときのことなので、槙野さんの責任はありません。隠蔽《いんぺい》する意味もないし、なぜ昔の会社を庇《かば》うのか理解できません」

「好きに理由なんてないですよ」

真夕は言った。美華は何に対しても理由を求めすぎると思う。

仕事をしていると、経理室に新発田部長が入ってきた。

「ん、今日はそろってるな」

新発田部長は満足そうにつぶやいて席に戻っていき、真夕も仕事を再開する。

真夕は今回、新発田部長を見直した。残業中に作ったとんこつラーメンが美味しかった。

休日に子どもの食事の世話をしているという噂《うわさ》は本当に違いない。調査官たちにも最後まで仮社員証を出さず、手書きの通行届を作りきった。

窓からは冬の陽射《ひざ》しが差し込んでくる。税務調査は無事に終わった。ジンジャーコーヒーはぬるくなっても美味しいし、冷蔵庫には梅ゼリーもある。あと数日経《た》てば大好きなアレッサンドロの声を聴ける。

天天コーポレーション経理部は、今日も平和だ。

※この作品はフィクションです。実在の人物・団体・事件などにはいっさい関係ありません。

集英社オレンジ文庫をお買い上げいただき、ありがとうございます。
ご意見・ご感想をお待ちしております。

● あて先
〒101-8050　東京都千代田区一ツ橋2-5-10
集英社オレンジ文庫編集部 気付
青木祐子先生

これは経費で落ちません！ 10

～経理部の森若さん～

集英社
オレンジ文庫

2022年12月25日　第1刷発行

著　者　青木祐子
発行者　今井孝昭
発行所　株式会社集英社
〒101-8050東京都千代田区一ツ橋2-5-10
電話【編集部】03-3230-6352
【読者係】03-3230-6080
【販売部】03-3230-6393（書店専用）
印刷所　株式会社美松堂／中央精版印刷株式会社

ISBN 978-4-08-680479-0 C0193

集英社オレンジ文庫

奥乃桜子

神招きの庭 7

遠きふたつに月ひとつ

二藍を助けるため、そして国の存亡に
関わる使命を帯び、綾芽たちは八杷島へ。
同じ頃、二藍は『的』の真実を知り…？

――――〈神招きの庭〉シリーズ既刊・好評発売中――――
【電子書籍版も配信中　詳しくはこちら→http://ebooks.shueisha.co.jp/orange/】

①神招きの庭 ②五色《ごしき》の矢は嵐つらぬく
③花を鎮める夢のさき ④断ち切るは厄災の糸
⑤綾なす道は天を指す ⑥庭のつねづね